# Alex och Alma

## Första boken

Äntligen. Efter att inte skrivet så började jag skriva ner lite under mina resor i Europa. Kände att jag hittat rätt. Blev korta historier, små rim och poesi. Jag hittade ord jag aldrig trodde jag förstått. Då började på denna bok. En enkel historia men kul att skriva.

Agni Tzanakis


# Alex och Alma

## (Matheus och Irma)


En vanlig familj i en ovanlig vardag

© 2023 Agni Tzanakis upphovsrättsinnehavaren
Illustration: Agni Tzanakis
Korrekturläsning: Evangelos Tzanakis
Ytterligare medverkande:
Förlag: BoD – Books on Demand, Stockholm, Sverige
Tryck: BoD – Books on Demand, Norderstedt, Tyskland
ISBN: 978-91-8057-622-2

# Fredag

Bofakis, mitt efternamn, var kom det ifrån. Jag funderade där jag stod i kassan på ICA i Arboga. Hade haft mina funderingar tidigare men inte tänkt på det så mycket. Min far hade sagt något diffust om att vi var greker. Och därvid blev det inget mer sagt.

Mina föräldrar har inte varit riktigt så där informativa som man skulle vilja och jag har inte frågat direkt, men när jag fick barn har min saknad av en bakgrund fått en alltmer djupare innebörd.

Så just nu i kön till kassan på  ICA börjar mina funderingar  att ta fart igen i väntan på min tur.

" Hallå….. du kan sätta i kortet."

" Va…. jaha… just det."

Tittade ner i plånboken efter mitt bankkort då jag kände mig iakttagen. Ni vet när man liksom känner det i ryggraden att man har någons blickar på sig.

Efter en stunds strulande hittade jag kortet och satte   det i kortläsaren, tryckte in min kod samtidigt som jag lyfte blicken mot utgången och där på andra sidan gatan stod HON………

ICA ligger tvärs över gatan från ICA Tågstationen i Arboga. Mittemot ligger Willy´s.

När man står i kassa 3 på ICA ser man rakt över gatan till tågstationen. HON.

Jag tog ut kortet ,kastade ner mina varor i vagnen direkt och kassarna slängde jag ovanpå. Halvsprang mot utgången med vagnen framför mig och tog till vänster direkt. Fäste blicken mot andra sidan gatan. HON var som uppslukad av jorden. Jag letade med blicken runt om mig. Till tåget kunde hon inte hunnit. Ner mot bron kanske, nej, mot högskolan eller åt andra hållet. Ingenstans.

Jag packade ner mina varor i medhavda kassarna och la in dem i bakluckan på bilen, samtidigt som jag letade med blicken runt, runt. gick tillbaka med butiksvagnen till sin plats.

Jag visste liksom inte vad jag skulle göra. Irrade med blicken i 180° vinkel. HON var borta.

Satte mig i bilen och slängde en extra blick tvärsöver gatan för att försäkra mig om att HON inte var där och det var HON inte. Satt som förlamad vid ratten på parkeringen och bara stirrade framför mig. Paralyserad, lurad av mina närmaste.

"Vad är det frågan om" tänkte jag inombords.

Tänkte att det var nog inte riktigt sant ….. Kanske var det en annan kvinna.. Min frustration var total.

Tänkte många förvirrade tankar innan jag slutligen startade motorn och körde iväg. Ingen speciell trafik just. Lämnade   Ahlöf´s parken bakom mig och tog av mot LIDL.

Vidare vek jag av mot Medåker.

Det var en chock för mig det jag upplevde där utanför butiken  i Arboga.

Alla hade sagt att min mor dött efter  en lång tids sjukdom, när jag var 5 år.  Jag måste ha sett fel, det var nog någon väldigt lik min mor.

Jag var ju nyligen fyllda 40 så 35 år gör ju sitt i utseendet,   men ändå. Den där känslan jag fick gick inte att radera ur min hjärna.

Hon påminde om någon, kanske Irma, min dotter, likheten.

Men kanske mina tankar spelar mig ett spratt.

Kände mig  en aning tom inombords och sorgsen.

Denna vackra kvinna med sitt fantastiska tjocka, raka, ljusbruna hår och blå ögon. Hon var ganska kraftigt byggd men inte tjock.

Så mindes jag henne och så hade jag sett HENNE som stod där, tvärsöver gatan, fast hon nu var 35 år äldre.   Hon hade eller har sån utstrålning. Det kanske inte var hon. Kan någon vara så lik min mamma som jag minns henne.

Jag körde ganska långsamt så att jag hann att fundera över det som inträffat.

Ställde mig själv frågan varför hon inte stannat kvar tills jag  kom ut.  Men om det inte var hon. Vad hade fångat hennes blick.

Hoppsan, nu körde jag förbi avfarten till huset.

Jag gjorde en tvärvändning på plats och körde in på vår uppfart.

Hade gått tidigare från jobbet som vikarie på lokaltidningen i Köping, så jag var hemma i Medåker vid 16-tiden. Väl innanför dörren återvände jag till verkligheten.

Jag är journalist till yrket och dessutom utbildad fotograf. Framkallar bilder på gammalt sätt ibland men även via dator. Har ställt ut en del genom åren. Mina favoritobjekt är familjen i olika skeden men har en viss svaghet för träd.

Har haft en fotoutställning i januari som inte gick så bra. Kritiken var inte nådig men man får ju ta åt sig lite och förbättra sig.

Irma kom springande emot mig och gav mig en kram. Hon gick sen och satte sig.

Alma och och Matheus satt redan vid matbordet och hade just börja inta kvällsmålet.

Jag sa hej, gick till diskbänken och ställde upp mina två kassar för att plocka in varorna i skåp och lådor, samt kylskåp. Ställde en öl och en soda på bordet och och slog mig ner vid matbordet utan att nämna vad som hänt mig på väg hem.

Irma 4 år pratade oavbrutet om sin dag på förskolan. Om Barbro i köket som lagar så god mat varje dag och hur Linnea lekt jättemycket idag med henne. Vår dotter hade lite lockigt mörkt hår , så där lagom till axlarna. Hon var fortfarande lite baby rund.

Hon har blåa ögon efter Alma och sitt lockiga hår efter mig.

Matheus ville inte låta lillasyster prata hur mycket som helst utan satte igång att retas. Han hade just fyllt 6 och tyckte väl att han hade rätt att ta större plats än sin yngre syster. Han hade halvlångt cendréfärgat hår och det var spikrakt som Almas. Ögonen hade en grön-brun ton som kanske var en blandning av mina och Almas ögonfärg .   Han var lång för sin ålder och smal. Efter en stund tog han till orda:

" Pappa, jag var på utflykt idag, vi åkte buss och Johan spydde på bussen. Han var åksjuk   sa fröken. Vad betyder det? Blir man sjuk när man åker?"

" Matheus replikerade jag, Det beror på balansorgan i örat.

Vi får googla på det sen. Nu äter vi färdigt."

Alma hade som vanligt lagat en utsökt måltid bestående av lax i ugn, kokt pressad potatis och en grön sallad med frön samt avokado puré. Vi äter väldigt mycket grönsaker i vår familj. Barnen har lärt sig det från start och äter all sorts grönsaker.

Vi åt i sakta mak och ungarna var förhållandevis tysta. De hjälpte till att duka av och fylla på diskmaskinen. De  drog sig sen till övre regionen där de hade sina rum och Alma och jag blev sittande vid matbordet. Jag iakttog Alma som var det vackraste jag hade sett. Och hon var gift med mig.

Vi hade gift oss ganska snabbt då vi båda tyckte att det inte var nåt att skjuta upp. Vi kände oss som gjorda för varandra. Skönt och behagligt. Hennes långa vackra tjocka raka lite ljust blekta hår (egentligen rödbrunt)och hennes djupblåa ögon var en fantastisk kombination. Hon var lite längre än mig och smalare.

Lite hade hon lagt på sig efter sina två födslar och jag hade också gått upp i vikt av för mycket av hennes goda mat. Vi brukade att träna lite men det blev inte tillräckligt med tid just nu. Vi försöker att gå promenader så ofta vi kan i våran härliga omgivning.

Det var en grå och regnig vårdag i början av april. Hela våren var försenad och det låg snö kvar i drivor efter gator och torg. Jag frös alltid denna tid av året, som om jag inte kunde hålla värmen längre. Ville ha sol och värme nu, kände mig ganska trött efter denna tunga vinter. Mycket snö och solfattiga dagar.

Vi hade gjort en del arbeten inomhus som hängt lite efter.

Vi hade hittat `vårt` hus efter mycket sökande. 150 år gammalt hus som länge varit till försäljning. Innan bodde vi i en lägenhet i Arboga men det passade inte oss. Vi gjorde nästan inget annat än att leta hus de senaste åren. Alma ville ha en SPA-avdelning och jag någonstans där jag kunde framkalla foton m.m   Till slut fick vi veta att detta, vårt nya hem, var till salu. En arbetskamrat till mig tipsade. Det var relativt billigt men för oss var det dyrt. Dessutom var det till slut budgivning. Huset hade lagts upp på Hemnet

Vi kände direkt att det här skulle bli vårt hem. Vi hade varit och tittat på andra hus men vi fastnade för detta som andades "själ". Rött med vita knutar, lite slitet, stor potential. Vi kunde liksom se hur det skulle se ut redan innan vi började att restaurera. Det hade överstigit  vår planerade budget men vi lyckades pressa priset lite och vi konstaterade att några år skulle bli tuffa men det var det värt. Sovrummen var relativt små medan de allmänna utrymmena var stora. Jag släntrade ner för trappan från övervåningen som rymde 3 sovrum samt Almas tillfälliga  arbetsrum som var som  en skrubb  Och ett litet allrum där barnen kunde leka samt ett stort badrum.

Köket låg i nedre planet  och var bevarat som det gammaldags storkök som det varit genom tiderna. Bordet som passade detta kök hittade vi på Röda Korset. Det är ett bord med plats för 12 personer. Vi hade tur för det var ett riktigt furubord som säkert använts i många år. Slipat i en mörkare nyans och repor  här och där.  Vi hade också hittat 12 st stolar på loppis i Medåker, Olika modeller och färg. Vi tillbringade mycket tid vid köksbordet. Barnen gjorde sina läxor, det pysslas en del och jag kan sitta där med min dator. Alma använde det till att visa upp sina maträtter då hon samlar underlag till en bok byggd på vegetarisk kost. Hon hade fått ihop en del så snart skulle boken bli verklighet.
I anslutning till köket ligger den gröna hallen, som var hm, förskräcklig. De förra ägarna hade byggt en hyllsektion som passade oss utmärkt men den

och hallen  måste målas om. Grönt finns i många nyanser och vår hall hade en färg som inte ens fanns i min vildaste fantasi.  Ett rum låg till höger när man kom in utifrån och det fick bli mitt arbetsrum. Som tur var hade det en mild neutral färg som passade mig. Jag har utsikt över skolan och  en stor äng och skogen en bit bort. Mycket vilsamt. Jag fotade en hel del och behövde stänga in mig ibland för att förbereda för utställningar. Skönt att ha en plats som man kan lämna utan att behöva plocka bort allt.

Mitt emot är WC/dusch. Vad säger man om den. Göra om, göra rätt, kändes det som.

En fungerande toalett med dusch men behövdes ses över vad det gällde färgen.  Lila.

Vardagsrummet ligger i direkt anslutning till hallen med köket till höger s.k öppen planlösning.

I anslutning till vardags-rummet är  utgången till terassen. Den hade lockat oss mest för sin utformning. Den var stor och möjligheterna för att göra den till en riktig oas hade gjort intryck på oss.

Vi har rustat upp det lite sen vi köpte det och det kommer  säkert ta ett tag till.  Barnen delar sovrum då vi upptäckt att det var skadat golv i det rummet som skulle bli Irma´s.

Sakta har vi gjort iordning så Irma och Matheus kunde få sina egna rum och barnen får vara med att bestämma färger m.m Trots att det inte var helt klart kunde de ha sina egna rum ganska omgående.

Matheus har valt mint grönt till sitt rum, blandat med lite marin för att dämpa.

Irma vill ha gult , rött och grönt.You name it.

Vi får se hur vi ska ordna det.

Det var vår första prioritering att deras rum skulle bli klara.

Min älskade hustru  såg trött ut,  hade just varit sjuk i influensa men inte kunnat vara riktigt ledig från uppdragen hon tagit på sig.

"   Alex," sa hon, tittade på mig med sina djupblå ögon.

"   Jag lägger mig på soffan en stund. Jag torkade av bordet medan jag var i mina egna tankar om vad som tidigare hänt.

Alma hade redan lagt sig på soffan. Hennes snarkningar avslöjade att hon somnat på en gång.

Jag kunde inte få min mor ur mina  tankar efter det som hade hänt på ICA idag. Såg henne framför mig, så levande som det skulle varit för 35 år sedan.

Vaknade till  av en duns i golvet och Irma som skrek från övervåningen.

" Pappa, Matheus  tog mina leksaker och kastade ner för trappan. "

Han såg att det låg leksaker på golvet nedanför trappan.

Matheus  fick order om att återställa leksakerna dit de hörde hemma. Efter en del protester så blev det gjort.

Jag gick upp till övervåningen som också behövde lite omsorg så småningom. Försökte att få dem att lugna ner sig men det var inte lönt. Klockan hade blivit ganska mycket så de fick ta ett varmt bad för och att lugna ner sig. Det hade nog inte de tänkt, för de förde ett herrans liv så efter 5 minuter hade de tröttnat och kom utrusande dyngsura och skvätte ner hela allrummet. Jag skickade in dem i badrummet för att torka sig och borsta tänderna. De tog på sig pyjamaser som låg i Irmas rum och kom in till Matheus rum. Läste sagan om den bortsprungna hunden Casper som vi började på igår och vi somnade allihopa samtidigt.

*Mina drömmar var sorgliga. Helt plötsligt när min mamma blev sjuk på kvällen och inte ville komma ut ur sovrummet. På morgonen sa pappa att hon åkt till sjukhuset men det var då hon hade flytt mitt i natten. Eller?*

Alma kom insmygande i Matheus rum och väckte mig. Hon lyfte upp Irma och lade henne i sin säng. Jag var så inne i mina drömmar så jag bara reste mig upp och tittade på Alma som om hon var ett spöke.

Alma vände sig om och var på väg ut så hon uppfattade inte mitt uppvaknande. Jag skakade på huvudet för att bli av med drömmen och gick ner till salongen efter henne och vi slog oss ner i soffan. Vi tog ett glas vin, samspråkade lite om vardagliga saker men drog oss tillbaka ganska tidigt upp till sovrummet.

Jag gav Alma en godnatt kram  och hon somnade omgående igen fast hon just vaknat   medan jag låg och funderade på det som tidigare inträffat under dagen.

Var det min mor?   Men varför hade hon inte hört av sig?  Min mamma: Seida.

Min mormor o morfar hade tagit delar av sina namn Sebastian o Ida och döpt sin dotter.

Jag vände och vred mig i sängen och tänkte på det som hände när jag var liten. Kommer ihåg när mamma var på sjukhus och vad  farmor sa.

*Älskade min mors namn: Seida.*

*Farmor hade varit barnvakt . Hon sa inte mycket utan berättade bara för mig att min mamma (Seida) var sjuk och behövde åka bort ett tag. Kommer ihåg det som det var igår. Pappa hade varit hemma med mig på dagen men på kvällen kom farmor. Pappa skulle till jobbet , sa farmor.*

*Farmor hade suttit vid sängen bredvid mig och läst en saga men mina tankar var någon annanstans. Låtsades att somna för att farmor skulle gå ut ur rummet så jag fick gråta ifred.*

*Mamma skulle naturligtvis komma hem igen så fort hon blev frisk från vad det nu var.*

*Men min otrygghet tog överhanden, kunde bara inte somna.*

*Jag var enda barnet. Inte någon att dela mina tankar med. Vi bodde i en förort till Stockholm som hette Hammarbyhöjden. En av de första förorter som byggdes. Farmor hade bott inne i Stockholms stad. Uppbyggnaden av det nya Stockholm gjorde att de som en gång bott i stan relativt billigt hade inte råd att flytta tillbaka. Farmor m.fl. fick ta dessa lägenheter i förorterna. Moderna. Men många ville tillbaka till stan men det blev för dyrt. Så min farmor blev kvar i Hammarbyhöjden och min mamma  och pappa fick senare en lägenhet där också.  I porten bredvid bodde min kompis: Petter.*

*Han gick på samma förskola som jag och vi var som bröder, nästan. Han var ljus och kort och ganska mager faktiskt. Jag kunde inte prata om*

allt med honom men vi delade det mesta. Nu hade han åkt på semester med sin föräldrar. De brukade åka långt bort för de hade råd. Det hade mamma sagt innan hon blev sjuk. De flög flygplan och åkte båt. De var borta länge så det blev ganska trist att inte Petter fanns där. En hel vecka. Jag hade inte så många kompisar. En tjej bara som vi kallade `Strumpan`.
Hon hade alltid olikfärgade  strumpor på sig,
hon gillade det, sa hon.
Hon hette egentligen Sirpa, efter sin mormor som var från Finland. Hennes mamma hette Valia.
Sirpa var speciell. Sitt hår färgade hon med karamellfärg. Alltid olika färger. Och hon blandade karamellfärgerna så håret såg aldrig likadant ut. Alltid nya färger. Och kläderna!!   Jag frågade henne ibland var hon hittade sina kläder för de var annorlunda. Men hon tyckte inte det var något speciellt. Från det att hon var liten så hade hon sytt om lite för hand och när hon blev äldre så fick hon en symaskin i julklapp. Därmed blev det mer avancerat och hon sydde även till sina vänner.
Min farmor hette Leija, och ibland kom jag inte ihåg hennes namn för det blev mest att jag kallade henne farmor. Hon var ganska stor och kraftigt byggd. Hon hade kort, lite blonderat hår eller slingor kanske. Jag hade sett foton på henne som ung och hon var vacker. Hon har visat mig foton från sin ungdom och jag kunde förstå varför min far föll för henne. Men hur kunde hon falla för honom. Han verkade ju lite konstig, i mina ögon.

Jag tror inte jag sov en blund den natten. Väntade på att pappa skulle komma hem. Såg honom till frukost på morgonen.

Pappa gick inte till jobbet den dagen och farmor var kvar och vi åt frukost tillsammans. Jag följde med farmor till närbutiken som låg på gångavstånd från oss. Hon handlade till dagens lunch och kvällsmål och köpte en klubba till mig. Jag blev glad för den men kunde inte sluta att tänka på varför jag inte fick följa med pappa och hälsa på mamma. Ville inte säga nåt till farmor, hon gjorde så gott hon kunde. Hon var snäll och ibland riktigt rolig. En gång när vi skulle gå till Förskolan, dagis hette det då, så fick hon för sig att jag kunde gå själv. Detta har hon berättat för mig. Låg bara 10 minuter från oss. Bara en gångväg och så var man framme.

Jag tog min ryggsäck, pussade farmor på kinden och gav mig iväg.

Precis när jag var ur sikte kastade hon sig ut och gömde sig bakom en buske för att ha mig under kontroll.

Dock kom en herre med en hund som just valde den andra sidan av busken för sina behov och farmor var tvungen att hoppa upp ur busken med den påföljden att hunden började skälla och herrn blev så skrämd så han föll omkull och jag vände mig om och fick se farmor som satt på marken och skrattade hejdlöst tillsammans med en farbror och en hund som skällde. Den synen glömmer jag aldrig. Gick fram till farmor och hjälpte henne och farbrorn upp och vi sa adjö  till farbrorn  och hans hund  och  fortsatte  vår  promenad  till  förskola tillsammans. Det har aldrig tagit längre tid än den dagen för att komma fram. Jag berättade vad som hänt för min kompis Kalle  och  alla hörde. Och vi skrattade så vi vek oss dubbla.

Farmor  hämtade  mig  på  eftermiddagen  och  vi stannade  på  hemvägen  och  pratade  lite  med Sirpas  mamma  (Valia)  som  undrade  var  min mamma var.

Farmor sa att hon hade rest bort några dagar till en syster som var sjuk men skulle  snart komma tillbaka.

Jag hörde vad farmor sa. Varför ljög hon eller var det sanning?

Vi gick  sakta hemåt i tysthet och så fort vi kom hem frågade jag :

"      Men  farmor,  varför  sa  du  så?  Var  är  min mamma?

"  Jag vill inte att alla ska veta att din mamma är på sjukhuset"

" Har mamma en syster?"

" Ja , en  syster som heter Eloni och som
bor långt borta."

Vi fortsatte vår promenad och var snart hemma. Farmor  gick  in  i  porten.  Vi  bodde  på  första våningen i en trea och jag gick in på mitt rum med min väska. Jag satte mig på sängen en stund och glodde ut genom fönstret utan att tänka på nåt. Reste mig och gick ut till farmor i köket.

"    hm, farmor jag är hungrig , vad ska vi äta?"
"    jag har gjort din favoriträtt idag, kära barn.
Köttbullar med potatismos.
Maten är klar så vi äter nu, du och jag."
"    Var är pappa?"
"    Han kommer snart, vi börjar äta du och jag.

# Lördag

Jag vaknade som ur en dröm. Visste knappt var jag var.

Alma hade stigit upp och kaffedoften spred sig upp till övervåningen.

Jag släntrade ner för trappan och gick fram till Alma som satt vid köksbordet med en kaffe i handen, gav henne  en kyss på kinden och tog mig till kaffebryggarn och fyllde på min kopp. Den hade ett foto med barnen på som jag själv hade fixat. På Almas kopp var det ett foto av mig  ha ha ha. Och så stod det ` Alex´s maka på den.

Min kopp hade att foto av Alma och texten: `Almas make.  Fantasilöst men kul.

Barnens muggar hade jag pimpat med foton på deras leksaker, foto och deras namn.

Öppnade kylskåpsdörren och fann att jag glömt att köpa mjölk igår.

" Det låg ett brev i brevlådan med tidningen imorse till dig, sa Alma och pekade på bänken närmast hallen. Där vi brukar lägga all post och tidningar.  Jag tittade på det vita kuvertet, utan avsändare, vem kunde det vara från.

" Ok, först måste jag dricka lite kaffe. Har drömt mest hela natten", sa jag utan att låtsas som att jag var väldigt nyfiken vad det kunde vara.

Slog mig ner och drack mitt svarta kaffe. Inte så gott utan mjölk, faktiskt. Jag tog brevet, öppnade och läste tyst: `Jag såg dig i butiken igår lika vacker pojke som den sista dagen jag såg dig.`

Alma och jag språkade lite om dittan o dattan. Hon mådde bättre och föreslog att vi skulle göra nåt under dagen.

-" Vad var det för brev."

" Äsch, det var från brevbäraren, han undrar om vi kan ses, vi var kompisar en gång och han visste inte att jag bodde här så han skrev det nog ganska nu och lämnade sitt mobil.nr. Ska slå en signal sen."

Alma reste sig och tog kaffekoppen från bordet och tog den med sig till TV-soffan och slog på TV Lördagsmorgon med Jenny. Brevet blev bortglömt för en stund. Vardagsrummet hade en varm ljusgul färg, närmare äggfärg och var inrett i två avdelningar. En TV-hörna som Alma avskärmat med höga växter. Där fanns en sitt och ligg-vänlig stor soffa beige, och ett litet bord och en TV.

Den större delen var inredd med en grön bokhylla, två puffar, fyra läsfåtöljer några små bord som alla hade grönt tema. Barnen var väldigt förtjusta i den. Dessutom var där en mjuk, sittvänlig matta.

Jag eller Alma brukar sitta där själva och läsa eller så läste vi för barnen. Altanen ligger precis

utanför, som en förlängning av vardagsrummet
när sommaren kommer.

Altanen var o dåligt skick och skulle bli ett projekt i
sig själv. Likaså hallen och lilla toaletten i nedre
plan skulle målas om.

Jag drog mig långsamt mot bänken där brevet låg.
Måste ha något med gårdagen att göra.

Hade ju inte berättat något för Alma så hur skulle
jag nu förklara detta.

Jag öppnade det sakta som att fördröja vetskapen
om innehållet och vek ut pappret och började läsa
den korta texten på det stora  A-4:a arket.

"  Jag såg dig i butiken igår, lika vacker pojke som
den sista dagen jag såg dig,  kram mamma.`

Jag kände hur hjärtat började slå dubbla slag och
förstod att känslan igår hade varit verklig. Det var
HON.

Alma märkte ingenting medan hon var fördjupad i
DN`s aktiebilaga och tittade på nyhetsmorgon.

Jag lade lappen i fickan och Alma reste sig från
TV:n för att fylla på kaffe. Vi hjälptes åt med
köksbestyren samtidigt som vi samtalade om
dagen. Det var ju lördag och vi var lediga. På
kvällen var vi bjudna till Berit och Clas, våra
grannar på andra sidan skolan.

Vi skulle grilla naturligtvis.

"    Pappa. Irma tar mina saker," vrålade Matheus
uppifrån.

"  Jag går upp sa jag till Alma."

"  Vad  är det som händer häruppe då?"

" Irma låter inte mig leka ifred och bara river ner mitt lego."
" Matheus och Irma, vill ni hänga med till parken", föreslog jag.

De avslutade sin destruktiva lek, städade undan och klädde sig. Jag gjorde mig snabbt iordning, fyllde  kaffe i lilla termosen, tog med två  juice och bullar  (mormor hade bakat) och så drog vi  iväg till parken som låg bara några meter från vårt hus. Det var en fin park som hade rustats upp nu till våren. Låg i anslutning till Skola och förskola. Fanns allt man kan tänka sig. Gungor, kanor, sandlåda, olika aktivitets-ställningar och på sommaren kom en studsmatta fram till alla barns stora förtjusning. På vintern fanns en isbana för skridskoåkning. Där fanns små sittgrupper för den medhavda matsäcken. Dessutom skulle det ordnas ett ute-gym.  Riktigt trivsamt faktiskt.  En bit inåt skogen fanns en slinga för promenader eller jogging och som blev skidspår på vintern. Det fanns t.om en grillplats i anslutning.

Vår familj har spenderat många timmar i parken sen barnen var små.

Det är många barnfamiljer som letat sig hit till Medåker på sistone. Det är en liten by med drygt 300 fast boende. En fantastisk kyrka finns samt skola för klass 1-5. Idrottsplats, Ny lekplats  och mycket natur att tillgå.

Vädret var inte det bästa men för att var en tidig vårdag var det okej.

Det var glest mellan vissa hus i området men grannsämjan var god.

Några av våra grannar hade höns till familjens stora glädje.

Ägaren av hönsen lade äggen i en korg i det lilla hönshuset så vi gick dit ibland och köpte några stycken. Pengarna la vi en liten sparbössa.

Vårt hus låg uppe på en höjd så vi hade liksom lite utsikt över alla andra i området. Alma brukade skämta  om det där.

Att vi är hertigar över alla här och har ansvar för att inga inkräktare kommer in.

Vi har full kontroll över vårt hertigdöme. Vi såg ända bort till kyrkan. Vi hade flyttat hit för drygt ett år sedan.

Alma stannade hemma för att jobba lite med sitt företag. Influensan hade dock gjort att hon inte hunnit med i planeringen. Jag satte mig på en bänk på lekplatsen och tog upp brevet ur fickan. Läste ännu en gång det som stod:

`Jag såg dig i butiken igår, en lika vacker pojke som den sista dagen jag såg dig.kram mamma.´

Men hur kunde detta hända och vad var avsikten. Hur kunde hon känna igen mig efter så många år. Jag närmade mig 40 och hade lagt mig till med skägg som modet föreskrev. Tänk om allt var fel.och att sett fel och hon som trodde jag var någon annan.

Jag lyfte blicken och tittade på mina barn där i parken när de lekte med några andra barn. De hade  aldrig vetat om någon farmor, ej heller

frågat efter henne. De var ju små och de hade
mormor som räckte till för oss alla.    Plötsligt såg
jag inte Matheus.
   "    Matheus, var är du?"    Jag ropade flertalet
gånger men kunde inte se honom.
Irma kom till mig och jag frågade om hon sett vart
Matheus tagit väg
" Matheus gick bort till busken (pekade), han var
kissnödig."
Jag sprang dit och letade och fann honom bakom
häcken i en  av  buskarna.
Han såg lite skrämd ut och i handen hade han en
vit lapp. Han sträckte fram den till mig. Jag tog
den och la den i fickan  för att  se att Irma var med
oss.
"   Matheus, vem gav dig den här lappen?"
"   En tant som stod där borta bakom den andra
busken.(han pekade i riktning mot vägen) Hon såg
snäll ut men var ganska gammal, som mormor."
Jag tog barnen i hand och vi satte oss på bänken
och intog  vår medhavda matsäck.
"    pappa, vad är det där för lapp som tanten gav
mig?"
"    Jag vet inte riktigt, när jag vet ska jag berätta,
okey?"
"   Mmm  , sa Irma o Matheus i kör, Vem har bakat
bullarna de är jättegoda?”
"        Mormor," sa jag och lappen var redan
bortglömt.
Mattheus och Irma lekte i flera timmar med sina
kompisar. Det var allt, från gungor till fotboll.

Ibland slog de sig ner på gräsmattan och syntes ha väldigt roligt. Kalle var där, Matheus klasskamrat, höll låda så alla kiknade av skratt. Kalle var en kraftig kille med långt lockigt hår. Längre än de andra i klassen. Han hade talets gåva och var den som underhöll på Fredagens `roliga timme.´ Deras skola hade behållit detta fredagsnöje.

Jag hade druckit upp kaffet och tiden gick fort. Det var snart lunchdags. Ungarna kom och drack lite vatten och jag sa att vi skulle gå hem, men de ville gunga  lite så vi stannade en stund till och sen gick vi hemåt.

Alma hade somnat i fåtöljen, så vi smög in i  köket och hjälptes åt att göra något att äta.

Irma dukade och Matheus öppnade kylskåpet och tog ut det som han tyckte verkade bra till lunch. Ägg, yoghurt, Flora, en tomat och en gurka, gul ost och lite skinka.

Jag kokade några  ägg och vi dukade tillsammans och när det var klart vaknade Alma och vi satte oss att äta. Papperslappen som Matteus gav mig brände i fickan.

" Pappa, hjälp mig att skala ägget" bad Irma."

" Pappa, ge mig smöret" sa Matteus.

" Kaviar vill jag ha."

Vi åt under tystnad , barnen verkade lite trötta så efter avslutad måltid fick det bli en stund framför TV.n.

Jag fixade lite kaffe och vi  bestämde att vi skulle ta en sväng till systemet och köpa något gott till kvällen.

Jag slog en signal till mormor och frågade  om hon kunde komma över en stund och se till barnbarnen.  Hon skulle bara äta färdigt så skulle hon komma över.  Hon bodde ju precis nedanför oss. I ett radhus som hade blivit ledigt strax efter att vi flyttat in.

Vi åkte iväg så snart Freja kommit. Väl framme i Arboga Centrum träffade vi Alma´s syster  Berta som bor i Arboga. (Berta är 10 år yngre än Alma och på mammans sida) Berta var kortare än Alma och ganska mycket kraftigare. Hon hade cendré kort hår.

Alma och Berta hade inte så mycket gemensamt. Berta levde ett helt annat liv. Fri och utan barn. Hon reste mycket och arbetade utomlands i långa perioder. De pratade mest på telefon.

"  Hej  vad ska ni göra ikväll?"

"  Vi ska till grannen och grilla."

"  Ok, Jag åker en sväng till landet över helgen. Vi kan väl höras."

Berta och hennes sambo hade ett sommarhus i Västmanland som de skulle göra iordning för permanentboende. Det var från början sambons föräldrahem. De gick mot sin bil och vi drog oss mot system-bolaget men just när vi skulle gå in blev vi omkull sprungna av en person som flydde från butiken. Alma ramlade baklänges och blev liggande på vägen.

Jag böjde mig över henne och såg att hon hade slagit i huvudet och blödde ganska kraftigt. Jag slog 112 och inom ca 7 min. var ambulansen på plats.

De bar in Alma i ambulansen och jag följde med i ambulansen till Västerås sjukhus. Hon rörde på sig men verkade inte förstå läget riktigt.

Jag ringde hennes mor och meddelade att vi blev försenade pga en trafikolycka som hänt efter vägen och att vägen var avstängd.

Polisen kom till sjukhuset för att förhöra mig om situationen och Alma hade tagits omhand av läkare.

Jag kunde inte ge några uppgifter till polisen då jag ägnat mig åt Alma.

För mig var det bara en snabb tung person som sprungit förbi och knuffat mig ut från systembolaget, tyvärr såg jag inte hur personen såg ut.

Vi hade lämnat bilen på stora parkeringen vid ICA i Arboga.

Alma var vaken och jag förklarade vad som hänt. Hon nickade men blundade och jag lät henne vara. Vi var framme vid sjukhuset ca 35 minuter senare, långa minuter, tyckte jag. Ambulanssköterskan hade satt in alla resurser som fanns i bilen och på akuten tog ett läkarteam emot och jag fick mig anvisad ett besöksrum där jag slog mig ner och väntade. Läkaren kom och talade om att Alma var utom fara. En lätt hjärnskakning och några få stygn i övre pannbenet, så jag kunde gå in.

Jag gav henne en kram och hon undrade lite vad som hänt då hon inte förstått riktigt. Det hade gått för fort för Alma för att komma ihåg vad som verkligen hände när hon föll ut i vägen med huvudet före. Hon mindes mest en stor, kraftig, lång man som knuffade undan henne.

Jag berättade om händelsen så gott jag kunde och hon kunde uppfatta att någon liksom hade knuffat henne men hade inget aning av vem.

Hon skulle få åka hem efter att läkaren gått ronden.    Hämtade lite mat åt henne från sjukhusets restaurang som var omtalad för sin goda mat, jag var inte speciellt hungrig. Funderade mycket på den vita lappen som brände i fickan.

Alma hade ont i huvudet och kände sig lite dåsig så jag frågade om hon ville ha mitt sällskap eller om  jag skulle dra mig tillbaka för att åka hem till barnen.

" Åk hem du Alex, jag behöver vila lite, så hörs vi sen. Jag hör av mig när det är dags att åka hem.

Jag tror att de skickar hem mig framåt efter- middagen eller tidig kväll. Läkaren sa att de ville behålla mig ett par timmar. Jag gav henne en puss på kinden. Väl utanför dörren stack jag ner handen i fickan och tog upp lappen.

Jag läste den om och om igen samtidigt som jag steg på bussen utanför sjukhuset.

`Matheus hette din farfar, visste du det.`

Jag stirrade på lappen igen. Matheus hette din farfar. Men vad skulle detta betyda.

Mina tankar for vidare.

Jag gick till buss station och bussen skulle komma om ca 10 min. Slog mig ner på bänken i busskuren. Funderade lite över Alma  Det var inte speciellt mycket folk på den.

Slog mig ner och började fundera över Sirpas (Strumpan) farfar. Han hade inte heller varit närvarande. Jag gick igenom vad jag mindes nu när jag fått denna lapp.

*Sirpa och jag träffades ofta. Hennes mamma och min mamma träffades varje dag. Sirpas pappa var läkare och han hade varit hemma hos oss flera gånger för att titta till min mamma. Men det var det ingen som visste. Han kom mest på kvällen när jag sov så det vara bara farmor och pappa som hade inblick, Sirpas mamma hade ingen aning och inte jag heller. Bara en gång när jag inte kunde somna på natten så hörde jag röster och steg upp för att se vem det var. Men det hade jag glömt tills morgonen.*

*Till Sirpa hade han sagt att han skulle på akut läkarbesök.*

*Min pappa arbetade som lokförare fast han var utbildad lärare.*

*Han gillade inte att vara lärare hade han sagt flera gånger till mig. Jag vet inte varför. Men så var det.*

*När pappa vaknade framåt eftermiddagen åt vi lunch som farmor lagat. Hon visste vad jag gillade mest så hon hade lagat köttbullar med brun sås och lingonsylt. Inget märkvärdigt men det var ju* farmors och naturligtvis de bästa som gick att uppbringa.

Pappa pratade aldrig om sin far. Han fanns liksom inte. Jag såg aldrig någon bild på honom eller hörde någonting om hans existens.

Det jag visste var att farfar Matheus var från Grekland men hade flyttat till Sverige på 60-talet. Träffade min farmor, utbildade sig till lärare. Han hade varit mörk, ganska kort men smal. Det var allt jag fick veta av min farmor strax innan hon dog. Han försvann ganska tidigt kan jag tro eftersom jag inte har något minne av honom. Ingen pratade om honom, som att han inte fanns. Farmor gifte aldrig om sig men hade en karl som hon träffade ibland och gick på bio med bl.a. Men honom träffade jag bara en gång.  Vi åt under total tystnad. Jag älskade min farmor.

Dagen gick och ingenting sades om mamma. Pappa och jag gick en sväng till affären som låg i samma kvarter och handlade lite för morgondagen.

Jag passade på att fråga om mamma men fick inget direkt svar bara att : hon blir snart bra, var inte orolig……

Det blev kväll och pappa lämnade mig med farmor medan han åkte till `sjukhuset`.

Farmor och jag tog en kvällsmacka och sen läste hon en saga för mig om något jag idag inte minns. Jag bara tänkte på min mamma. Vad hade hänt med henne, varför var hon borta från mig. Hon var

ju alltid hemma med mig. Sen jag föddes så var
det vi, mamma och jag och farmor.
Farmor hjälpte mig med dusch och tandborstning
och lade fram min pyjamas.

Tur att nån hade tryckt på stopp-knappen på bussen annars hade jag missat avstigningen. Var så inne i min livshistoria att jag totalt hade förlorat nuet.

Jag klev av och gick till parkeringen, ingen bil!!! Den var bara borta. Gick runt och letade lite. Hade jag glömt var jag parkerat. Nej, den fanns ingenstans. Ringde och anmälde den stulen.

Gick tillbaka till stationen och tog bussen till Medåker. Fick vänta nästan 20 min. Steg av vid skolan och gick snabbt hem.

Öppnade dörren och Irma kom rusande mot mig o kastade sig i min famn

" pappa , äntligen, var är mamma."

Det var som om det var en repris på min egen känsla, när jag som 5-åring undrade var mamma var. Det gav mig en obehagskänsla utan like.

Jag berättade vad som hänt på systembolaget, osv.    Irma pockade på

"  pappa, pappa varför svarar du inte." Jag tittade på hennes oroliga ansiktsuttryck och svarade:

" hon blir snart bra, var inte orolig"

Samma fras, vad är det jag håller på med.

Jag ringde genast upp Alma.

" Hej. kan inte svara just nu men lämna gärna ett meddelande eller ring igen, ha en trevlig dag."

" Mamma sover nog, därför svarar hon inte."

sa jag till Irma

Matheus kom springande från Gustav och såg undrande på mig. Berättade för honom vad som hänt och mötte samma fråga i hans blick, och gav samma svar.

" hon blir snart bra, var inte orolig."

Vi satte oss ner vid matbordet där mormor hade dukat fram en härlig  lunch.

Vi åt under tystnad och sen tog vi lite vila. Barnen lekte på sina rum. Jag intog soffan och somnade. Svärmor var kvar och satt i läshörnen med en tidning.  Vaknade och såg att jag sovit drygt en timme.

"  Allt lugnt? undrade jag men darrade inombords av oro.

"  jadå"  sa mormor.

"  Irma har lekt inne med sin kompis Linnea och Matheus gick hem till Gustav, bästa kompisen från förskolan.  Så det har varit riktigt lugnt. Har städat av lite och lagt i en tvätt.  Förresten har en man ringt till dig, jag tror han presenterade sig som Wille."

" Hm. känner nog ingen som heter Wille. Vad ville han."

" Han undrade om Alma. Om hon var hemma, jag sa att hon var på sjukhuset."

Vem vill veta var Alma är, tänkte jag. Kände mig orolig.

Min svärmor hann knappt prata färdigt innan jag slängde på mig jacka och drog iväg. Sprang ut till garaget och kom på att bilen hade stulits i Arboga. Sprang till svärmor för att jag behövde låna hennes bil.

" Men pappa, vart ska du," skrek Irma uppifrån.

" Jag ska åka iväg en sväng men är snart tillbaka"
"   Nycklarna ligger i översta lådan i köket," sa
svärmor. Jag var ute ur huset innan hon hade
pratat klart.
Slet åt mig nyckeln från lådan, rusade ut på
hennes parkering och in i bilen och startade.  Inga
bilar i sikte, backade ut och drog iväg som en
biltjuv..
Jag trodde jag skulle bli galen innan jag kom fram.
Det tog alldeles för lång tid. Efter en evighet var
jag framme och hittade en parkeringsplats,
hoppade snabbt ur bilen, låste och rusade mot
huvudingången till Västerås sjukhuset. Hissen
stod inne så jag tryckte på knappen för 2:a
våningen, krockade nästan med en som skulle in i
hissen på första våningen, så jag tog  trappan upp
istället.
Sprang in på avd. 2, rum 7 för att finna Almas
säng tom. Rusade ut igen, haffade en sköterska i
farten och frågade var min fru tagit vägen.
" Alma på rum 7.(jag nickade)
Hon blev utskriven för ca 30min sedan och tillade:
Hennes bror William hämtade henne."
"    Hennes bror William", skrek jag. "vem är
William".
Sköterskan, en till synes barsk kvinna i 50-års-
åldern, tittade på mig som om jag var galen.
Jag vände henne ryggen och ringde hem men
bara för att höra att Alma  inte var hemma.
"men Freja, vem är William?," nästan skrek jag i
telefonen.

" Alma´s halvbror." svarade hon lugnt.

Jag stängde av mobilen innan Freja hann säga hela meningen.

Kändes som att knäna vek sig som att jag skulle svimma så jag satte mig ner på en stol i korridoren för att lugna ner mig lite och sortera tankarna. Hon hade varit ensam på rummet som var för två patienter.

Almas halvbror William, hon hade väl ingen bror vad jag visste.

Jag ringde på Almas telefon igen men inget svar. Talade in ett meddelande om det kunde leda till nåt. Vart skulle jag gå nu och var  jag skulle  söka hade ju ingen aning om.

Jag reste mig  och stoppade sjuksköterskan igen för att fråga om Alma hade lämnat nåt på sitt rum. Hon skulle titta efter.

Efter en stund, lång som en evighet kom hon tillbaka och gav mig en lapp som legat i badrummet i papperskorgen. Jag tackade knappt.

Jag vecklade ut det hopskrynklade pappret och läste långsamt för att förstå:

`William är min halvbror på fars sida och jag känner honom, därför inte värd att nämnas. Han är lite oberäknelig så för att inte reta upp honom så följer jag med honom.

Han vill reda ut vissa saker om vår familj. Jag förmodar att han tappar lite kontroll då o då, men han är inte livsfarlig.   Jag kan kontakta dig. Var inte orolig.`

Jag sjönk ihop av lättnad?? Precis som att William var att lita på men ändå så kändes det lite bättre än att inte veta någonting.

Jag tog mig ner från våning 2 via trapphuset, behövde rensa tankarna och reda ut hur jag nu skulle gå till väga. Väl ute  stannade jag och ringde svärmor.

"  Freja, det är alltså sant att Alma har  en bror som heter Wil...

Jag hann inte uttala namnet förrän svärmor avbröt samtalet.

"  Oooh nej , jag menar ja, det har hon men, vad har han gjort?

Nu var det jag som avbröt."

" han har hämtat henne på sjukan."

" va, jag lägger på."

Svärmor la på luren av nån anledning, försökte ringa igen men fick inget svar. Jag drog mig mot den högra parkeringsplatsen och letade efter bilen som jag inte kom ihåg var jag hade ställt. Sökte med blicken efter den samtidigt som jag gick till vänstra parkeringen. Kom på att det var ju min bil jag letade efter men jag hade ju svärmors gröna bil. Fick  syn på den ganska snart och sprang sista biten.

Låste upp dörren och startade motorn, la i en växel men något stämde inte. Det lät konstigt och bilen rörde sig trögt. Gick ur bilen och såg då att det var punktering på båda framdäcken.

Orkade inte ta reda på hur detta hänt utan låste bilen och gick till tågstationen. Det var en bit att gå och jag funderade på var svärmor var och barnen. Nästa tåg skulle gå om 6 minuter.

Slog en signal till svärmor men fortfarande inget svar. Ringde även upp Alma som nu hade telefonen avstängd. I min önskan var det för att spara batteri.

Tåget kom på utsatt tid och det skulle ta ca 25 minuter till Arboga. Undrade hur jag skulle stå ut. Ringde ytterligare ett samtal till Freja men inget svar. Tog kontakt med en kompis som hade bilverkstad och bad honom hämta bilen i Västerås.

Det skulle ske samma dag men lite senare, upplyste han mig. Tiden gick långsamt. Jag slog en signal till Claes och undrade om mina barn var där och det var dom. Undrade om han kunde låna ut sin bil ikväll.

Det kunde han inte men han kunde hämta mig vid tåget. Bra, då kände jag mig lugn ett tag.

Claes var grannar med oss, bodde på andra sidan om skolan. I det vita fristående huset som låg mot kyrkan till. Han var relativt nyinflyttad med sin familj: Berit Son o dotter. Vi hade fått kontakt ganska snabbt på grund av barnen som gick på samma förskola och skola. De var jämngamla med Mattheus och Irma. Claes var i data-branchen. Han hjälper mig med det tekniska när jag fastnar. Berit var yogacoach och Alma är i den branschen. Gemensamma intressen.

Äntligen framme och utanför stod Claes med bilen.

" Vad är det som hänt, Alex"

" Ja, du Claes, kan vi ta det en annan dag. Det är inget allvarligt men jag känner nu att jag inte kan hantera det riktigt. Är det okey.  Och vi kommer inte och grillar ikväll, Claes. Men vi hörs så ska jag berätta."

Klev ur bilen och på uppfarten kom någon springande som nästan snubblade på mig. Hann inte se om det var en man eller kvinna.

Ytterdörren öppnades inifrån innan jag hann trycka ner handtaget.

" pappa, var har du varit, var är mamma"

Irma såg väldigt sorgsen ut och bakom stod Matheus och såg förskräckt ut.

" Pappa, vi har varit jätte oroliga. Mormor sa att mamma är hos en bror. Har vi en morbror"

" Ja. Nu ska jag bara säga att mamma mår bra, hon kommer imorgon för hon var tvungen att åka till sin bror för att titta på något.  Hon hör av sig så fort hon kan. Nu ska vi väl äta, kan jag tro. Hängde av mig jackan och tog av skorna.  Satte mig ner i soffan med mina barn på varsin sida.

Jag lät blicken glida över på min svärmor som hjälpligt försökte att dölja hur chockad hon var.

Hon berättade att hon hade varit tvungen att gå ett ärende och hade precis kommit hem. Hon hade köpt några pizzor så vi satte oss i köket och åt under tystnad.

Jag tog till orda:

"	Alma har lämnat mig ett meddelande att vi inte ska oroa oss för hon kommer snart hem eller hör av sig när hon vill bli hämtad."
En vit lögn, men vad skulle jag göra.
Irma iakttog mig länge med stora ögon utan att säga nåt. Matheus var först att öppna mun.
" Mådde mamma bra. Varför ringde hon inte till mormor som är här hemma."
Irma tog till orda.
"	Pappa kan jag gå upp och  leka."
"	Mamma mår bra svarade jag och hon hälsade naturligtvis till  er  och  mormor  förstås. Svärmor vred sig på stolen, reste  sig och undrade om jag ville ha en kopp kaffe.
" Ok, kan behövas, om du gör mig sällskap."
Svärmor Freja gick för att göra kaffe.   Barnen sprang upp på övervåningen för att leka.
Freja och jag slog oss ner vid köksbordet och jag startade utfrågningen
"	Vad är det som händer, vem är William?".
"	Hm vad ska jag säga. William är Almas halvbror på sin fars sida
"	Men hur kan det vara att JAG inte vet. Vem är han  som  är  så  hemlig?  Svärmor  såg  smått besvärad ut men bad mig att lyssna på hennes historia.

### Mormors (min svärmors historia)

" William är Almas halvbror.Växte upp med sin far i Grekland.  Jag träffade Williams far Elliot vid en resa till Grekland. Han var från Sverige  men hade träffat en grekinna och flyttat till Grekland. Han var skild och sen kom jag med i bilden. Vi blev blixt-förälskade och förlovade oss ganska snabbt. Han var arton år äldre än mig.

Men Elliot var inte en alltför anpassad person.

Vi flyttade ihop i Grekland eftersom jag inte hade något jobb  i Sverige och inget som höll mig kvar här. Mina föräldrar hade jag inte så bra relation med och inga syskon, vad jag då visste. Elliots far hade att hotell i Grekland. Jag blev dessutom snabbt gravid men vi gifte oss inte.

Elliot hade då William, som var fyra år då vi träffades.

Vi levde i en by strax utanför Chania på Kreta. Hotellet låg i anslutning till havet ca 1 km från hemmet. Så vi renoverade det och började hyra ut till turister. Jag försökte lära mig grekiska språket vilket inte var lätt men jag gjorde framsteg. Grannarna förstod vad jag sa och vise versa. Det var en härlig känsla.

Men samtidigt var vi   inte riktigt väl sedda där eftersom jag var gravid och vi var som sagt  ogifta. William bodde hela tiden hos oss då hans mor enligt Elliot dött i cancer när han var ca 2 år. Han hade alltså inget direkt minne av sin mor.

Jag var relativt ung och hade ju ingen erfarenhet av barn så att bli som en mor för en annans barn *var inte alltid lätt, men jag gjorde så gott jag kunde Och vi gillade varandra och hade kul ihop, jag o William.*

*När William just fyllt 5 år förändrades allt, jag födde Alma.*

*William blev väldigt svartsjuk på min relation till Alma. Jag gjorde allt jag kunde tillsammans med William även som nybliven mor. Jag var ju förstagångsmor och hade mycket att lära.*

*Men Williams svartsjuka blev med tiden värre och värre.*

*Det tog sig  uttryck  i  genom att han gick fram till Almas spjälsäng när hon sov och nöp till henne ordentligt tills hon vaknade och gallskrek.*

*Sen höll han handen för hennes mun för att tysta henne så om jag inte kom fram fort nog så vet jag inte vad som kunde ha hänt.*

*Elliot  jobbade till sent på hotellet varje kväll.*

*Vi åt middag tillsammans på kvällen när Elliot kom hem. William satt med oss en stund innan det var dags att sova. Han var så timid och pratade så gott om sin lillasyster och hur mycket han älskade henne, hur han hjälpt mig när hon skrek lite för mycket.*

*En kväll när han skulle sova så läste Elliot saga och de småpratade lite. Elliot var ju borta många timmar så detta var deras heliga stund tillsammans.*

*Jag lät bordet vara eftersom vi inte ätit färdigt. Alma satt i sin barnstol vid köksbordet och tuggade på en skorpa.*

Efter en stund gick William till Elliots rum. Det var sovdags. Alma grät lite där hon satt i sin barnstol och jag såg att hennes blöja var blöt så jag gick för att byta på henne. För att komma dit passerade jag Williams rum. Precis då hörde jag William säga till Elliot :

" mamma är inte snäll mot Alma. Hon gör så att lillasyster blir ledsen och gråter och jag får trösta Alma" (Han kallade mig mamma eller Freja redan från början när jag kom.)

" Men som vadå, undrade Elliot"

" Hon nyper henne när hon sover så hon inte ska sova för hon vill att hon ska sova när du kommer hem."

Han var bara drygt 5 år då och Alma hade precis blivit 9 månader och hade börjat krypa. Hur kunde han komma på något sådant.

" Freja ger henne också mat hon inte gillar och sen går hon inte ut med Alma på hela dagen. Bara jag kan gå ut på bak-gården och leka med mina kompisar. Alma är hela tiden inne med mamma.

" Jag kommer hem lite tidigare imorgon så får vi se hur det är. Sov gott lilla gubben, allt ordnar sig ska du se"

Jag smög förbi och in på toaletten.

Efter stund somnade William och Elliot kom in i köket och slog sig ner vid matbordet. Alma satt i sin barnstol glad och nöjd och vi fortsatte med vår måltid som svalnat lite. Elliot lekte lite med Alma och skojade. Fint att se dem ihop.

Jag satte på lite kaffe och vi pratade om lite av varje.  Elliot hade haft en tuff dag på jobbet och var så där lagom pigg på att prata.

Jag försökte att förklara lite hur William är på dagarna men efter det som jag över hört från rummet så förstod jag att det skulle vara lönlöst.

Elliot tog ingen notis om det jag sa bara att William var ju inte så gammal så det skulle nog bli bättre så småningom.

Vi gick och lade oss ganska snart för Alma började bli lite grinig. Gav henne flaskan och hon somnade på en gång.

Elliot kom inte tidigare hem från arbetet kommande dag som han hade lovat William kvällen innan.

Williams beteende  pågick ett tag. Jag hoppades att det skulle bli lite bättre när Alma växt upp lite och inte var så beroende av mig men det blev bara värre.

Jag fick inget gehör från Elliot och eftersom William var helt annorlunda när vi var tillsammans så kunde Elliot inte få ihop det hela.

För att förtydliga det hela så föreslog jag att jag och Alma skulle flytta. Då hade det gått några år och Alma var drygt två år och William över 7 år och hade börjat skolan. Där var han bäst av alla och den snällaste pojke som fanns och mycket hjälpsam sa lärarna.

*Det blev ett fullständigt kaos.    Elliot gav mig en blick som skulle kunna döda. William blev hysterisk när han förstod vad som var på gång.*
*Vad skulle jag göra.    Alma gick på dagis halva dagarna för jag hade fått ett förmiddagsjobb på en liten butik i närheten av vårt hem. En liten lokal livsmedelsbutik där jag städade på morgonen och skötte om bröd och hjälpte till lite varstans. Mitt pass var klart 13.00 då   jag hämtade Alma på dagis och vi gick hem och lagade mat. Jag var inte på hotellet utan Elliot hade anställt en kvinna som skötte frukost och städ. Vi hade faktiskt beslutat att det var bäst. Vi jobbade inte så bra ihop.*
*Maten var klar när William kom från skolan runt 14-tiden.*

*Eftermiddagarna var ibland riktigt trevliga men mest kaotiska.Aldrig var maten bra, William klagade på att Alma fick mer mat än honom.*
*Alma grät mest hemma då hon började vara rädd för sin `egen` bror.*
*Jag hjälpte honom med läxorna men det var ju inte bra men eftersom han inte hade nån annan så fick det väl gå.*
*Alma sov en liten stund på middagen så vi fick en stund för oss själva, jag och William.*
*Jag köpte ibland lite roliga spel som vi kunde spela när Alma sov.*
*Jag fixade en sockerkaka , så vi "fikade" bara vi två.*

*Han var med tills jag hade lagt spelet och förklarat spelregler då kaoset bröt ut. Han kastade allt omkring sig rev sönder det som gick att ha sönder. Han välte ut saft och mosade sönder socker-kakan och smetade in den i bordet.*

*Det hände en gång att jag lät det vara tills Eliott kom hem för att han skulle se det.*

*Resultatet blev att William manipulerade honom så att Alma fick skulden*

*" Men han är ju 7 år och går i skolan. Hur ska du få mig att tro att han har gjort det."*

*Jag började att misströsta och började göra en plan för att jag och Alma skull ta oss därifrån. Mina ekonomiska tillgångar var inte stora men jag hade sparat en slant varje månad från min lön från butiken. Kan tro att jag hade haft dessa tankar ett längre tag men inte velat erkänna för mig själv att det skulle gå så långt.*

*Pengarna skulle räcka till ett litet krypin för mig och Alma ett tag.*

*Eftersom vi inte var gifta så var ju hela proceduren ganska lätt. Hade tagit reda på båt- förbindelser från Chania när jag var där en dag för att shoppa. Ingen kände mig där så det var riskfritt.*

Tillbaka till verkligheten. Det var mycket i den berättelsen att smälta.

Matheus och Irma hade lekt på övervåningen och började tröttna.

" pappa kan du komma upp en stund," ropade Irma.

" kan du hjälpa, jag kan inte sätta ihop det här pusslet"

Jag gick upp och tillbringade en stund med barnen. Hjälpte till så gott det nu gick eftersom det fattades en bit. Irma blev irriterad men inte mycket att göra åt det. Pusselbiten var borta. Bad henne att plocka ihop och ta fram ett nytt så kommer jag och hjälper till.

" Ok, pappa kommer du sen?"

" jadå" Jag gick ner till svärmor som satt kvar i köket i sina egna tankar. Hon märkte knappt att jag gått därifrån eller kommit tillbaka.

Min mobil surrade och jag tog upp den, öppnade och läste följande:

`Jag är hos William som jag inte vet var det är. Jag mår bra. Han behandlar mig väl. Vi pratar och han vill höra hur jag har det och hur jag lever, varför vi lämnade honom och Elliot och bara försvann.

Han har lagat mat o vi har ätit men han lämnar mig inte ur sikte. Jag är inte rädd bara på min vakt. Sitter på toa nu och han tror att jag glömt telefonen på sjukhuset så därför har jag den avstängd.  Ska försöka sätta igång den i natt och ringa till dig. Lyft bara men prata ej så samtalet kan spåras.  Ring ej mig, jag kontaktar dig. Oj nu hojtar han o det är bäst att avsluta Kram.`

" pappa, har hittat ett nytt pussel, kom upp."
Jag lämnade svärmor som fortfarande vara i sina egna tankar och gick upp till barnen igen.
" Matheus vad gör du, undrade jag"
" Jag sitter och läser en bok som mormor gett mig idag.
" Aha och vad heter den då"
" Lastbilen som åkte vilse."
Matheus kunde faktiskt läsa en liten bok som var skriven med stora bokstäver. Han tyckte mycket om att läsa och speciellt om bilar som han älskade.
Irma och jag la ett nytt pussel men blev avbrutna av att mormor ropade att maten var färdig.
Vi upptäcker att vi var väldigt hungriga. Klockan var strax efter 19.00 och det var sent för middag men efter det som hänt så glömde vi att vi inte ätit nån middag. Vi skulle ju ha grillat hos grannen så inget var ju heller förberett.
Vi rusade ner för trappan så fort så vi nästan snubblade på varandra. Svärmor såg normal ut igen bara lite tröttare. Hon hade öppnat kylskåpet och gjort en god middag på rester. Ibland undrar jag hur mycket middag det går att ordna fast man tror att kylskåpet är tomt. Svärmor är bra på det.
Vi åt av den goda grytan som mormor lagat till. Det var en fiskgryta med grönsaker, mest

grönsaker. Fisken var isär plockad i små bitar. Alla gillade den.

Tystnaden var lamslående vid bordet och saknaden av Alma var stor. Klockan började närma sig 20-tiden och barnen började bli trötta.


" Pappa, snyftade Irma , jag vill att mamma ska komma hem nu"

" det vill jag med, " fyllde Matheus i.

Båda två började snyfta ordentligt så jag fick dra till en liten halvsanning.

" Hör nu här, mamma har just ringt (svärmor ryckte till och stirrade på mig ) och hon sa att hon mår bra och hon kommer hem imorgon. Det var något som dök upp som hon måste klara av ikväll. Lite långt härifrån så hon sover på hotell inatt. Hon hälsade så gott. Mobilnätet var inte så bra så det hördes dåligt."

" Pappa jag är trött , sa Irma  kan du sova bredvid mig"

" Ja visst kan jag det , har ni ätit färdigt? Så kan vi gå upp och tvätta oss och borsta tänderna. Jag läser en saga"

På mindre än en halvtimme var de klara, pyjamaserna på och jag satte mig på en stol i deras rum och läste sagan som Matheus påbörjade : "Lastbilen som åkte vilse". Matheus hade en viss svaghet för det som gått vilse eller försvunnet. Hunden Casper och nu lastbilen.

Jag hann läsa nästan halva boken ca 5 sidor innan de somnade båda två.

Det hade varit en händelserik dag. Jag kände mig väldigt trött men också för orolig för att koppla av. Stoppade om mina älsklingar, gav dem varsin puss och hasade mig ner för trappan.


Svärmor satt inte kvar vid köksbordet, kanske gått på WC.
Hon hade dukat av bordet och fyllt diskmaskinen. Svärmor är alltid så ordentlig.
Jag öppnade kylen och grabbade en kall öl. Slog mig ner i TV-rummet och slö- tittade på nyheterna på ettan.
Tittade på klockan och det hade gått 10 min.
" vad i allsin dagar gör hon på toa så länge"
Jag drog mig dit och fann att hon inte var där.
Gick ut i hallen och hennes jacka och skor var borta.
Hm har hon gått utan att säga nåt?
Jag letade efter min mobil som jag hittade på diskbänken. Slog en signal till svärmor, men inget svar.
" Alltså det börjar bli lite väl mycket just nu."
Det fanns ju inget jag kunde göra, kanske.
Ringde upp  Claes och undrade vad de hade för sig.
" Inget särskilt sa Claes och skojade lite: Vi skulle ha gäster men de smet. he he.
Nä skoja bara , vi har ätit och sitter här och jäser. Ungarna sover, så det är lugnt.  Hur är det med dig då"

" Tja vad ska jag börja. Du Kanske kan komma över en stund. Behöver att snacka lite om det som hänt idag bland annat."
" Jo visst gör jag det. Plockar undan lite,  och så kommer jag, ok?"
" Yes det blir bra, tack ska du ha."

Jag fixade lite i köket, fast det var liksom klart men jag var tvungen att sysselsätta mig på nåt vis. Drack ur ölen (alkoholfri) och Clas kom in via terassdörren.
" Hallå. var är du Alex....."
" I köket ,kom in"
Claes kom in i köket och slog sig ner vid köksbordet.
" Vill du ha en bira."
" Ja gärna"
Tog fram ett glas och en bira från kylen och lite nötter.
Ställde de på bordet i TV-hörnan och Claes slog sig ner.
Jag hann inte säga nåt förrän Claes sa:
" Du ser uppriktigt sagt lite hängig ut. Hur är det egentligen?"
Visste inte hur jag skulle börja men det fick bli som det blev.
" Kan du stanna hos barnen en stund medan jag kilar över till svärmor. Jag berättar när jag kommer tillbaka. Hon bor ju precis bredvid så det går ju fort"
" varför ringer du inte, replikerade Claes"

" Det funkar inte just nu, måste gå dit, förklarar sen, Kan du stanna en stund?"

" Javisst svarade Claes.

Kvällen var lite kylig men jag gick ut genom terassdörren som jag var. Skjorta o tröja fick räcka.

Glömde ta på skor och hade tofflorna på mig.

Små-sprang till  svärmors hus som var ner-släckt men knackade ändå på dörren. Inget svar. Klockan var runt 22 så hon sov väl inte redan.

Jag knackade igen och ringde på telefonen, inget svar. Tog i handtaget till dörren men den var låst.

Cykeln, tänkte jag.

Gick runt huset för att se om cykeln stod där den brukade. Det gjorde den.

Men bilen var trasig på parkeringen i Västerås, vid sjukhuset, cykeln stod kvar. Var i allsin dagar var Freja?

Återvände till Claes som satt kvar på samma ställe där jag lämnat honom.

" Jaha, sa han, nu får du nog släppa på sigillet lite och berätta vad det är som försiggår .

Lite nyfiken är jag nog."

Jag satte mig bredvid Claes i soffan och började att berätta vad som hänt i stora drag. Dvs inte hela händelsen utan mer delar av den. Claes såg mycket fundersam ut men lyssnade utan att avbryta. Jag drack resten av min öl och vi förblev liksom tysta båda två. Claes bröt tystnaden först.

" Men vad är detta, låter som en dålig roman. Jag vet inte vad jag ska säga och har heller inga tips om vad jag kan göra. Jag hjälper gärna men med vad?  Den där William, vad kan man tro om honom och vart tog din svärmor vägen? Kanske hon vet var han bor och har tagit sig dit  för att se om Alma kan vara där."

" ja jag vet inte vad jag ska tro.. Detta är bara så obehagligt." (Mobilen  ringer)

Jag tog upp telefonen och lyssnade.

" Var det Alma?"  Jag nickade.

" vad sa hon?"

" Hon skulle försöka att ta sig ut för brodern hade somnat men nån knackade på dörren och väckte honom.

Hon hörde hur William  pratade med någon men inte med vem.  Lite påminde rösten om hennes mor, men vad kunde hon göra i detta hus. Hur visste hon om detta hus och William, vet inte riktigt vad jag ska ta mig till. Ringa polisen eller ? "

Claes sa inget och tittade frågande på mig. Det var tyst ganska länge innan jag tog till orda

" Claes , alltså jag vet inte vad jag ska göra. Om svärmor är där just nu, vad händer då? Blir hon också fast där eller är det henne William vill åt. Och vad är det han vill."

Svärmor började berätta för mig idag vad som hänt tidigare med William men  hon kom aldrig till punkt för vi blev avbrutna av barnen.

Vi skulle liksom fortsätta och prata ikväll trodde jag men nu blev det annorlunda. Vet ej vad jag ska göra. Vad tycker du Claes? ”

Clas vände sig hit o dit men sa inte så mycket.

Vi var i ungefär samma ålder. Lite gråa hårstrån fanns där också, vid tinningen. Men jag hade inte känt honom så länge. Han hade berättat tidigare att han tränat mycket i sina unga år.

” Ja vet inte vad jag ska säga, Alex” Allt verkar i mina ögon ganska komplicerat men det låter inte som att det skulle vara nåt farligt mer än brorsan, vad var det han hette, William?"

Han vill nog veta mer om vad som hände när Alma och min svärmor försvann.

” Tja jag vet inte eftersom någon inte sagt ett dyft till mig om någon William.

Claes, klockan är mycket så tack för att du kom över en stund., Jag klarar mig känner jag. Ska lägga mig på soffan o glo på TV så kanske jag kan somna lite. Det är ju söndag imorgon och då ska vi jag iväg med ungarna på fotboll. Matheus spelar minicup. Tack för hjälpen Claes och vi höres imorgon. Ni kanske vill hänga med på fotboll. Det är borta på Parkuddens idrottsplats du vet, så vi går dit.”

” Ja. vi får se, har ingen koll på vad som ska hända imorgon men vi hörs i vilket fall som helst. Grejar du att vara själv nu då?”

”Ja det är lugnt, Hälsa frugan o sov gott”

Claes lämnade samma väg som han kommit.

Jag tog en öl till och slog mig ner framför TV:n.

Nyheter. Lyssnade förstrött på vad de sa, men tog inte in speciellt mycket av vad som sades.

Tänkte på mitt ursprung igen. Jag har ju tjockt hår och nästan kolsvart medan mor min mor och far var mer cendre´.   Var jag adopterad eller. Nä nu fick jag skärpa mig.

Funderade på Alma och hade lagt mobilen på bordet så jag kunde se om hon ringde.

TV´n pratade för sig själv när jag hörde Irma ropa: pappa. Jag rusar upp för trappan och finner henne sittande på sängkanten, gråtande.

”   Vad är det hjärtegrynet?”

”   Jag vill att mamma ska komma hem”

”    Var inte orolig, hon kommer   imorgon, ska jag sitta här en stund.”

”   Snälla pappa ligg en stund hos mig”

Sprang ner för trappan och stängde av TV.n.

Matheus sov lugnt i sin säng så jag kröp ner hos Irma och vi somnade båda två ganska omgående.

# Söndag

Vaknade av att jag hörde något. Kände en kaffedoft. Alma var hemma.

Vad var klockan. Hur länge har jag sovit, det verkade lite ljust ute. Visste knappt var jag befann mig. Försökte behärska mig så jag inte väckte Irma. Kravlade mig ur sängen försiktigt och rusade ner för trappan för att se hur Alma mådde.

Det var svärmor, Freja. Hon satt vid köksbordet. Hon såg trött ut. Jag tittade på mobilen som jag glömt på rumsbordet vad klockan var : 6:46.

" 	Men kära Freja, vad gör du den här tiden på morgonen, vill du ha kaffe"

Hon nickade lite och jag satte på kaffet.

" 	Godmorgon, Freja" Jag gav henne en kram.

" 	God morgon, Alex"

Jag öppnade mina meddelanden och såg att Alma hade ringt i natt runt 3-tiden och jag hade ju somnat tillsammans med Irma vid 22-tiden.

Telefonsvararen hade ett meddelande och jag lyssnade:

´   Alex, han sover nu (3.38)och jag ska försöka att ta mig ut. Jag kontaktar dig så fort jag kan, var inte orolig.´
Jag tittade på klockan igen, kvart över sju.
Var befann sig Alma nu. Varför hörde hon inte av sig, tänkte jag.
Tittade på svärmor igen, hon såg verkligen trött ut.
Hon sa att hon kommit strax före sju.  Hon tog sig in själv, har nyckel.
Hon hade dukat fram  smör, bröd ost och skinka,
Jag skar lite paprika och tomat och fyllde på kaffe i muggarna. Ställde fram på bordet och slog mig ner mittemot svärmor Freja.
Undrar var det namnet kommer ifrån, har aldrig hört det förut. Förknippade det med båtnamn.
”   Jaha vad är det som pågår?”
Hon tittade på mig med trötta och sorgsna ögon.
Svärmor börjar berätta vad som hänt:

"   Alex vet inte var jag ska börja nånstans.
Jag visste var William fanns och därför smet jag iväg i går kväll för att se vad som hänt med Alma, jag blev  så orolig.
Jag åkte till William som hyr en stuga  drygt en mil härifrån och ringde på. Jag tog taxi. Han öppnade och såg väldigt förvånad ut att det var jag som stod där. Vi har inte setts på ca drygt 31 år.
Han släppte in mig."
”   Hur visste du var han bodde?"
"   Vi  tar det senare"

" Jag satte mig i köket som var närmast hallen och ytterdörren. Kändes säkrast så. Han frågade hur jag  hittat honom. och hur länge  jag vetat det att han befann sig där? Jag svarade inte utan sa bara att jag skulle hämta Alma och då sa han att hon inte var där. Han hade ingen kontakt med henne.
Men jag fortsatte och pressa honom och frågade om han hämtat henne under dagen nånstans.
Men det förnekade han."
"      Farsan blev ju galen när du stack, han blev rena privat-deckare för att hitta er. Han letade till den dag han dog, för ca 7 år sedan."
William fortsatte:
"   Han träffade en ny kvinna som vi levde med ett par år men det var likadant med henne. Hon drog med Jens , min halvbror och där stod jag med far som var sjuk i cancer. Han var  så fixerad vid att hitta er och mina syskon.
Cancern var nog psykosomatiskt betingat, Han kunde aldrig förlåta er."
"   Det var väl du som var den största anledningen till att vi var tvungna att flytta därifrån. Du var ju inte snäll mot oss och spelade ut mig mot din pappa, trots att du bara var nästan 7 år. Inte klokt."
Svärmor fortsatte att berätta om samman-träffandet medan jag tappade fokus på det.
"   Jamen nu undrar jag : var är Alma?" sa jag
"   Jag vet inte svarade svärmor."

" men när hon lämnade mig ett meddelande igår på telefonsvararen så hade William somnat men vaknade av att du ringde på dörren. Hon sa det till mig att det var du. Hon hörde er prata innan ni gick in i köket. Sen försvann era röster och hon blev orolig och la på."

" Men så du menar att hon var där utan att jag visste det, sa svärmor."

" Ja det måste hon ju ha varit."

Svärmor såg skärrad ut och replikerade bara kort:

" Jaha men nu orkar jag inte riktigt mer, måste sova en stund. Jag kommer tillbaka i eftermiddag"

Hon bara reste sig från stolen och gick hem.


Matheus kom ner-släntrande för trappan.

" Klockan är åtta, vi är försenade, vi måste gå till förskolan, jag är hungrig . Jag vill ha lite frukost, var är mamma? "

" Godmorgon Matheus. Oj, jag fixar frukost medan du gör iordning dig och väcker Irma."

Han sprang fort upp för trappan och jag reste mig och tog fram lite yoghurt o flingor men var inte speciellt närvarande.

Medan jag ställde fram frukosten kom jag på att det var söndag.

" Mamma kommer hem senare, och sen är det söndag idag så ni är lediga."

ropade jag högt så det skulle höras uppe.

" Oj, ha ha, då kan vi titta på barnprogram, får vi äta frukost i TV-soffan?"

" Ja, okey men var försiktiga."

Jag ställde in yoghurten och tog ut mjölken,  tog en tallrik och hällde upp mjölk och fyllde på med flingor.

"  pappa kan du ge mig tallriken."
Satte mig vid köksbordet medan Matheus och slog sig ner framför TV:n.

"   pappa, jag vill också ha frukost" signalerade Irma i samma veva som hon kom ner för trappan, missade sista steget och föll raklång i golvet.

Hon reste sig upp som om inget hänt och fortsatte till soffan . Slog sig ner bredvid Matteus, tittade på sin bror och sade:

"   mamma är  hemma va?"

"   Nej," sa Matteus med ilska i rösten. Hon är inte hemma"

"   men jag hörde mamma "

"   mormor var här"
Då började Irma gråta, högljutt och hulkande. Hon kunde inte hålla sig längre. Jag hade hällt upp mjölk o flingor till henne men hon sköt tallriken ifrån sig och bara grät.

Jag gick fram och tog upp henne i mitt knä och kramade henne och lät henne gråta ut ordentligt.

Efter en lång stund kom hon till sans och åt litegrann men var alldeles tyst.

"   Irma , lilla gumman, hur mår du?"
Hon svarade inte, bara tittade på mig med ledsna ögon.

Då förstod jag att jag måste göra något åt situationen.

Men lösningen kom från annat håll.

Matheus tittade på sin syster och kramade om henne tills jag kom med frukosten.

Irma slutade gråta och de gick och satte sig framför TV:n och intog sin frukost.

Jag slog en signal hem till svärmor, inget svar.

Ringde på mobilen, avstängd.

Nu undrade jag om det inte var nåt märkligt med det hela.   Va sjutton ska jag göra, tänkte jag.

Jag vågade inte ringa på Almas mobil men undrade om man på nåt vis kunde spåra den. Då skulle jag vara tvungen att ringa polisen.

Men vad skulle jag då säga:   Hon är hos sin bror.

Irma kallade på uppmärksamhet.

"    pappa, jag vill inte ha mer."

"    okey det gör inget, känns det lite bättre nu

"    jag går upp och leker, kommer du  , Matheus"

"    ja jag kommer, suckade han."

Ville kanske inte men såg hur ledsen syrran var och ställde upp för henne. Han var en omtänksam bror.

Mobilen ringde i samma ögonblick. Jag kastade mig på mobilen bara för att höra:

" Hej , Classe här,  hur har du det?"

Alltså jag blev nästan förbannad. Hur kan han ringa och fråga nåt så dumt när han vet under vilken press vi lever under just nu.

"    Ja hej Classe, ingen förändring här, ungarna börjar misströsta och jag börjar tappa tålamodet och svärmor ljuger"

" va, ska jag komma över"

"   Ja gör det om du har tid"

Vi la på och inom två  minuter stod han i dörren.

Han kom fram och gav mig en kram. Det brukar han inte göra men det kändes väldigt bra. Nära tårar.

"   Nu måste du ta emot hjälp, Alex, det här går inte, från och med nu så är vi ett team. Det är ju ungarna också. Berit ställer upp så du kan lämna de där om du ska nånstans. Hon jobbar förmiddag från imorgon så hon kan hämta på dagis. Nu får du berätta så jag kan hjälpa dig"

Jag drog historien i korta drag igen dock lite mer detaljerat än igår.

Claes  lyssnade andäktigt, såg frågande ut  och emellanåt förbannad, för att i nästa stund se väldigt ledsen ut.

"   Okey, hur går dina tankar nu då Alex?"

"   Jag vet faktiskt inte var jag ska börja. Svärmor måste ju veta en del vad jag förstår, men hon ljuger ju så det blir ju svårt att få fram nåt från henne.

Hon har ju säkert gått till William igen utan att säga till. Hon visste ju inte att Alma var där i natt så jag blir ju orolig om hon gör nåt dumt nu när hon vet att Alma är där.   Igår ringde Alma när hennes mor var där. Hon berättade att hon mår förhållandevis bra. Fick just ett inspelat samtal från henne:

Vi lyssnade andäktigt.

´ *Hej Alex, lyssna nu. Jag tror att min mamma är här igen, hon var här igår kväll. Men jag kan inte höra för han sätter på musik så jag inte ska uppfatta nåt. Jag mår bra, Alex var inte orolig, blir väl behandlad med mat och dryck, ett rum med dusch. Men hur kan min mamma veta var William bor ? Hon har alltså ljugit för mig i flera år.*
*Så det jag ber dig om är att hålla mamma under uppsikt och följa efter henne så mycket du kan. Hon kanske kommer tillbaka hit. Jag kan ha svårt att komma ut eftersom det är galler för mina fönster och William går ingenstans. Han måste alltså ha fyllt kylar och frysar för att kunna vara här hela tiden. Han hyr stället vi befinner oss på så han bor någon annanstans. Han säger att han ska ta hit Jens också så vi får gå igenom arvet.*
*Jag spelar in nåt på mobilen och skickar sedan så du kan höra min röst. Nu lämnar mamma huset för jag hör dörren slår igen. Om det nu inte är mamma, vem ska det då vara. Jag hör av mig så snart jag kan.  Puss o kram , hälsa Irma och Matheus."*

" Hon lät lugn och sansad på telefonen men ville att jag ska hålla ett öga på hennes mamma.
Men vad är poängen med detta kan jag ej förstå. Det verkar ju inte som att de pratar med varandra. Han förvarar henne verkar det som. Nu tror hon att hennes mamma var där igen men så fort det händer slår han på musik så att Alma inte ska höra nåt.

Hon vill att jag ska följa efter hennes mamma så fort det är möjligt för att veta om hon tar sig dit igen.
Det betyder att jag kan behöva lite hjälp av dig och Berit."
"   Ja vi ställer upp, det vet du."

Irma och Matheus kom ner från sina rum och just då klingade mobilen.
Det var Alma som skickat en video på Skype.
Jag ropade på barnen som kom springande direkt och sa att de skulle sätta sig ner i soffan så skulle vi titta på nåt.
Claes kom också och jag satte på Skype.
Alma hade lagt upp en bild på sig själv och hon såg väldigt fin ut och ingen kunde tro att hon satt nästan som fången hos sin bror. Jag ropade på barnen som kom springande direkt och sa att de skulle sätta sig ner i soffan så skulle vi titta på nåt.
Claes kom också och jag satte på Skype.

"   Hej kära barn. Jag saknar er jättemycket men jag måste stanna här några dagar, har ett litet jobb att göra och det är så dålig mottagare så jag kan ju inte ringa. Vill att ni ska vara glada och lyssna på pappa och så ses vi snart igen. Tusen pussar och kramar  och vi ses snart. puss  puss."
Hon vinkade och log som allt var precis som vanligt

Jag tittade på barnen och de såg ganska nöjda ut.

" pappa, kan vi gå till parken och leka."

" Matheus, vill du också gå dit?"

Han nickade bara.

" ja det gör vi.  Ska vi höra med Claes om de vill följa med"

" ja jublade båda."

Tränaren hade ringt på morgonen och meddelat att Minicupen var inställd  pga något problem med bortalaget.

Claes som hållit sig i bakgrunden gick mot dörren.

"  Okey, hämtar  Oscar och Ebba så kommer vi om en stund"

Claes stängde dörren efter sig och var borta.

Jag packade ner en flaska vatten och lite frukt till oss allihopa i min gröna ryggsäck och så tog vi på oss våra kläder och gick iväg till parken. Jag slog en signal till svärmor men fick inget svar.   Claes och barnen var redan på plats med Berit och hon hade fixat kaffe så det blev en kopp med nybakade bullar och det smakade väldigt gott.

Vi satt vid "vårt bord" på lekplatsen. Som ett extra uterum för oss. Det var en del andra barn där också för vädret var härligt vårlikt, lite svalt enligt mig som är frusen, men solen sken och värmde ändock lite.

Och så var Matheus utanför vår sfär. Han är hopplös. Jag reste på mig och sa till Claes och Berit att hålla lite koll på Irma  medan jag letade efter Matheus.  Jag  gick runt en sväng men såg honom inte. Det fanns inget staket runt denna park och det gjorde det svårare. Det fanns en tjock häck men den kunde man ju smyga sig ut genom. Barnen går ju omkring och förlorar tid o rum o strax befinner de sig längre bort än vad de tror.

Började känna en viss oro med tanke på allt som händer runt omkring. Hade han fått nån lapp till eller?

## Alma´s verklighet

`Alma satt på sängkanten i rummet hon blivit tilldelat av sin "halvbror."

Ett ganska litet rum, spartanskt inrett med en säng, sängbord lampa och en hylla med lite böcker.

Ett fönster med galler på som bara har morgonsol. Det ligger liksom en halvtrappa ner så det var nog därför. Som ett källarrum ungefär som det var i deras hus. Fast mindre.

Toalett och dusch fanns i en liten hall som var i direkt anslutning till rummet.

Hon blev väl behandlad med frukost imorse och lunch för ett par timmar sedan.

Igår kväll hände dock nåt konstigt.

Det ringde på dörren och hon försökte höra vem det kunde vara. Hon tyckte att det var hennes mor, men vad gjorde hon här??

Hur visste hon var William bodde. Hon hade aldrig berättat något om honom dessa alla år. Som att hon inte visste något om honom sen hon stack från Grekland. Men Alma var inte säker för det hördes dåligt och en radio stod på någonstans.

Hon hörde röster och tog sig närmare dörren för att försöka höra vad som stod på men musiken översteg rösterna och det gick inte att uppfatta något.`

Till slut fick jag syn på Matheus längst bort i parken mot den mest trafikerade vägen. Jag ropade och han kom springande direkt.

Han såg lika rädd ut, som förra gången och han gav mig lappen som han fått av den äldre damen som hade ropat på honom från stora vägen.

"   pappa det var samma tant som förut. Hon frågade hur jag mådde och visste mitt namn."

Jag tappade nästan andan, hur ska detta sluta.

Det är för mycket underliga incidenter runt om familjen just nu. Jag lade lappen i min ficka och vi gick tillsammans tillbaka till vår matplats.

"   Hej här kommer vi, Matheus hade förirrat sig lite men nu ska vi väl ta en frukt och sitta ner en stund.".

Matheus titta på mig och ville säga något men jag försökte styra in det på något annat som att ropa på alla barnen. Vi satte oss och åt lite frukt, småpratade och skojade lite som vi brukade göra. Kaffet och Berits kanelbullar smakade, som alltid, underbart gott. Just denna stund fanns inga problem. Matheus hade nog redan glömt vad han ville säga.  Det var bara så som det brukade vara och det kändes bra. Parken var en oas för oss. Nära hemmet och nya lekställningar. De var inte riktigt färdiga än. De skulle ställa dit en ligg-gunga och mera bänkar med bord. Barnen väntade väldigt på den gungan och vi vuxna på lite mer bänkar med bord. Ibland ordnade vi lite gårdsfest och då behövdes det någonstans att sitta.

Vi stannade en timme till i det ljuvliga vädret, barnen lekte i labyrinten.

Jag och Claes satt och småpratade lite i största allmänhet. Kändes skönt att bara få vare en stund, som vanligt. Berit hade lämnat oss för att gå hem och laga lunch. Vi var bjudna dit idag.

Parken hade en labyrint gjord av buskar som barnen älskade att springa runt i. Matheus o Oscar sprang före och efter kom tjejerna. Ibland syntes de inte och jag var ju lite extra orolig dessa dagar så det blev full kontroll från min sida.

" Alex, vill du ha mer kaffe?"

" Ja tack, gärna"

Tog kaffet i handen och reste på mig en stund för att se barnen i labyrinten. Lappen brände i fickan.

Alla barn kom rusande på en gång och sa att de ville gå hem.

" Vi är hungriga skrek de tillsammans."

" Det låter bra, vi är bjudna på lunch hos Oscar och Ebba"

" Ja...aa "ropade Matheus och Irma i kör.

Vi packade ihop ryggsäckar, muggar, och städade undan lite på bänken som vi satt vid.

Vi gick hemåt och Berit tog emot oss med glädje.

De hade ett nytt hus, modernt. Det låg nästan mitt emot vårat hus.

Claes som var arkitekt hade själv ritat huset. Det var helt vitt med grönt tak. De hade lagt mycket arbete på ljusinsläpp. Det låg på andra sidan skolan men vi kunde se till varandra.

Stora fönster från golv till tak, öppning inne till taknocken i den ena delen av huset. En stor terass med utgång både från kök och vardagsrum. Övervåningen hade tre sovrum, dusch o badrum och ett litet allrum samt balkong.

När vi kom in i hallen var det som att vi befann oss i salongen direkt. En stor hall med soffa ,fantastisk lösning för upphängning av kläder, samt en toalett i direkt anslutning. Allt var även här i vitt förutom färgglada gardiner, soffdynor m.m i Marimekkos härliga tyg.

Från hall kom man in ett ett stort kök med köksö och dessutom ett matbord på andra sidan mot vardagsrummet som lätt rymde 12 pers.

Vardagsrummet var en utbyggnad i enplan som en förlängning av köket med stora pösiga soffor och fåtöljer. En hörna med TV i storbilds format och plats för fler än två samt en bokhörna som vi hade, lite avskild med gröna växter och bekväma fåtöljer. En välplanerad bokhylla som rymde massor av böcker.

Berit hade jobbat som dekoratör innan hon startade sin egen firma med Hälsoinriktning.

Hon var den som stod för inredningen.

Tänkte på vår lilla TV-hörna och minibibliotek, men den  passade oss alldeles utmärkt.

Vi gick i samlad tropp in i badrummet för att tvätta händerna.

Duschrummet hade hotellkänsla. Marmorgolv och stenväggar. Rustika hyllplan för rullade handdukar, extra produkter till duschen och även en golvkruka stod i ett hörn med en palmliknande växt samt en vacker liten korgstol med dynor i Marimekko tyg. Kändes som att man ville vara kvar där.

När vi var klara gick vi in i köket och satte oss vid köksbordet.

Berit hade redan tagit fram det mesta så det var bara  att ta för sig.  En härlig stor grönsallad i mitten med avokado, frön, m.m

Färsk fisk som var grillad och till det hemlagad pommes.

Ljuvligt. Jag rensade åt barnen som faktiskt gillade färsk fisk i sin helhet. Men potatisen var ju klart alla barns favorit.

Vi småpratade lite  under måltidens gång men jag hade svårt att fokusera, tänkte mig bort ibland och Claes o Berit fick upprepa vad de sagt, flera gånger.  Efter maten gick alla barnen upp på övervåningen och lekte.

Claes satte på lite kaffe och serverade oss varsin pannacotta ute på terassen. Berit hade gjort den och jag tycker att den är den bästa som finns. Litet fruktfat därtill. De har bjudit på detta förut. Fantastisk gott.

"     Alex hur är det nu då. Har du hört nåt från svärmor"

" nää, Claes inte ett dugg. Jag slog en signal men hon svarade inte. Jag ska prova igen"

Jag slog numret och väntade. Vanlig signal men inget svar.

" 	Inget svar, Hon kanske glömde den när hon gick ut."

Barnen kom nerrusande för trappan och ville gå hem till oss allihop och leka.

Det var ju okey. Vi klädde oss snabbt. Tackade för idag och den utsökta maten och så gick vi hem till oss.

Jag lovade Claes att ringa inom en timme så han kunde hämta dom. Det var ju vardag imorgon och lite bestyr inför det.

Barnen rusade upp för trappan när vi väl kommit in.

De såg inte ens att deras mormor satt vid köksbordet

Hon såg trött och sorgsen ut.

" 	Hur är det, var har du varit?"

" 	Jag åkte igår till William,  ja ja, jag ska berätta var han bor.  Ville se om han hade Alma där.

Han släppte in mig och vi pratade om ditt o datt. Jag förstod att han verkade värre än när han var liten, så jag vågade inte gå in direkt på varför jag var där. Jag frågade då om Alma var hos honom och då blev jag utkastad, i ordets rätta bemärkelse.  Kom direkt hit."

" 	Men var du där hela natten?"

" 	Nej jag åkte dit imorse; strax efter fem men blev inte insläppt. Jag stannade och väntade på rätt tillfälle. Jag åkte dit med taxi men den fick lämna för jag hade bestämt mig för att jag skulle in i det huset. Det tog någon timme men till slut blev jag insläppt och han bjöd t.o.m på kaffe med bröd.

Det blev en svår konversation full med anklagelser
från hans sida. Jag sa till honom att jag hade bilen
och var tvungen att lämna men jag hörde ljud från
någonstans i huset. Men det kunde jag inte
konstatera. Så jag sa hejdå och gick ut. Det var en
obehaglig stämning och jag kände mig rädd.  Jag
gick och gick , till slut kom en bekant som skulle till
sitt jobb i Arboga. Från Arboga tog jag första
bussen till Medåker.
Kan du be grannen passa barnen så åker vi dit
genast"
"    Ja det går bra men hur länge har du suttit här,
jag har ju ringt"
"    kom för en dryg halvtimme sedan. Han har min
telefon"
Jag slog Claes nummer och frågade om de kunde
komma över, alla barnen var ju ändå här"
" ja vi kommer"
5 min. senare var Claes och Berit på plats.
 Vi sa till barnen att vi måste iväg i ett ärende (som
om de hörde nåt av det i sin lek) och så lånade vi
Claes bil som stod utanför och Freja  körde.
Min bil var ju stulen och svärmors bil stod i
Västerås med punktering. Imorgon skulle den
hämtas. Jag hade ringt i lördags till bilfirman som
skulle hämta den och   laga den. Även ringt till
polisen och anmält min bil stulen. Vilken soppa.
Svärmor visste vägen som ledde till Köping men
halvvägs dit vid en avkrok så låg det ett litet
rödmålat hus med vita knutar. Mitt i ingenstans.

Vägen var en smal gammal asfalterad väg och efter drygt en halvtimmes körning från Arboga pockade svärmor på min uppmärksamhet.

"Där till vänster, ser du?  där ska vi in men man syns så vi får köra in bakom lite längre bort."
Freja svängde av och jag såg det lilla röda huset som låg för sig själv på en åker.

Det ska stå en bil strax där bakom (hon pekade)och där finns en liten grusväg. Hon körde in där.
Hon vek av på nästa väg och kröp fram fast jag hellre ville storma hela stället på 2 sekunder.
Efter 500 m. parkerade hon, skyddad av ett träd. Ingen bil parkerad där.
Vi klev ur under tystnad och svärmor gick fram till dörren och kände på handtaget och dörren var olåst. Kände onda aningar medan jag klev in genom dörren.
Vi sökte igenom huset men ingen där.
"   Jag går ner i källaren och tittar"
"   vänta, vi går tillsammans"
Vi låste upp dörren till källaren och gick sakta och tyst ner för trappan. Det var inte en källare man brukade, mer som ett övergivet förråd. Smutsigt, mörkt illaluktande.
En dörr syntes längst bort i mörkret och vi gick dit och öppnade försiktigt dörren. Den var upplåst men nyckeln satt i låset.
Rummet var ljust och fint med ett litet fönster i övre delen och en säng, sängbord och en hylla

med lite böcker. Vi drog oss längre in och där fanns en toalett med dusch.

Doften av Alma hängde kvar i luften.

Svärmor sjönk ner på sängkanten medan jag letade efter spår av min fru. Hon måste ha lämnat någon notis när hon förstod att de skulle åka härifrån.

Jag tänkte och tänkte, vad gör maneter hur tänkte hon?

Man går på toa kanske innan man ska iväg. Det är ju inte konstigt.

Jag gick in där och letade från golv till tak men hittade ingenting.

Jag passade på att utnyttja toaletten. spolade, tvättade händerna och torkade mig på handduken.

" Freja. kom ropade jag,  titta här. "

Jag pekade under kroken där handduken hängt som jag nu torkade händerna med.

På väggen stod det med små bokstäver:

Nu åker  vi nånstans, han sa att min mor förstört allt så vi måste åka, han pratade med någon på telefon men jag hörde inget så jag vet ej. Har fortfarande telefonen med mig, ska försöka att sms:a bilnumret. Jag mår bra. Kram

Kändes som jag skulle svimma och var tvungen att hålla i mig i dörrkarmen för att inte ramla.

Freja gick in i rummet igen och satte sig på sängen. Tyst, ordlös, Hon grät.

"  Freja , det hjälper inte att gråta även om det lättar på trycket, nu måste vi fokusera på nästa steg. Vet du någon som de kan tänkas åka till?"

”   Nja, det finns ju en kusin till William som han hade kontakt med. De bodde på samma ställe  i Sverige (Skinnskatteberg) och föräldrarna tog alltid Elliot´s parti. William och deras unge lekte alltid när de var små.”
”   var finns han?”
”   Hon, det är en flicka.
”   Vad heter hon?"
"   Hon heter Vanja Sakling.”
”   Googlar på det.”


Vi gick upp ur källaren, som hade dålig täckning, och satte oss vid köksbordet. Jag googlar på Vanja Sakling men det  gav inget resultat. Gift sig och bytt namn. Det gjorde man ju förr.
Hällde upp ett glas vatten till oss båda och gick ner till källar rummet igen. Tänkte på nåt.
Alma har säkert skrivit en lapp och gömt någonstans. Som hon gjorde på sjukhuset.
Jag sökte först WC  men fann inget där. Fortsatte i hela rummet, drog bort alla lakan, öppnade lådor i sängbordet öppnade alla böcker en och en och till slut föll det ut en lapp ur en av böckerna.

Vecklade upp lappen och läste:


*`Alex, hoppas att det är du som hittar detta. Jag litar inte riktigt på min mor, tror att hon ljuger om nåt men kan inte komma på vad det är. Kanske har fel men känner mig osäker.  Det råder ingen nöd på mig men jag undrar vad han vill. Vi pratar inte så mycket så jag förstår inte riktigt. Han har kontaktat Jens och vi ska tydligen åka någonstans för att träffa honom. Jens är min lillebror på fars sida som jag inte har haft någon kontakt med alls.`*

Satte mig bredvid Freja som var mycket ledsen och frågade henne

"Freja vad är det som sker, du vet mer än du vill säga men varför. Vet du var Alma kan vara just nu?"

" Nej det vet jag inte. "Vi gick tillbaka till hennes historia och hon fortsatte  berätta:

*"Jag hade ju bestämt mig för att lämna Elliot så när William gick till skolan en onsdag (han hade träning på eftermiddagen och brukade komma hem senare) packade jag det nödvändigaste och gjorde iordning mat till William och Elliot, skrev en lapp att jag hade gått en sväng till affären och skulle vara tillbaka snart. Alma var då drygt ett år och hade börjat gå.*

*(skrev en lapp till som jag lade i sängen, under Elliot´s  kudde att vi ej kommer tillbaka så det inte skulle bli något polisärende).*

*Det var en fin vårdag och solen sken.*

*Vid 10:tiden lämnade jag och Alma huset och vi gick till busshållplatsen.*

*Den kom på utsatt tid och vi klev ombord och satte oss längst bak. Vi åkte till slutstation. Vi tillbringade dagen i Chania. Vid 17-tiden tog vi bussen till Souda hamn och löste biljetter på ANEK,s färja för att åka till Pireus samma kväll.*

*Vi klev ombord på båten som skulle ta oss till Greklands huvudstad Aten  där jag hade ringt och bokat ett rum hos en bekant genom    Svensk-grekiska föreningen som jag kunde lita på.*

*Alma sa inte så mycket, hon var så fascinerad av båten.*

*Vi hittade en soffa i salongen på båten där vi kunde sova över natten. Att hyra en hytt var alldeles för dyrt.*

*Sen somnade Alma i mitt knä och  vaknade först en timme senare. Vi gick till restaurangen för en bit mat. Vi hade lämnat våra jackor m.m på soffan i salongen så efter maten satte vi oss igen. Det var inte så lätt att somna men till slut så somnade i alla fall Alma. Jag tittade lite på TV men somnade också. Vid 6-tiden på morgonen var vi i hamn.*

*Vi klev av  och tog en transferbuss i hamnen  till tåget för vidare resa till Aten.*

*Jag hade en adress och namnet på tunnelbane-stationen. Det var inte så svårt att hitta. Hade även fått ett mobil nummer så när vi var framme vid hållplatsen ringde jag.*

*"   Lisa, svarade en varm röst"*

*"    hej det är Freja och jag skulle få hyra ett rum av dig"*

*"   Javisst.  hej. Jag kommer och hämtar er det tar bara 15 min. så stanna där ni är vid utgången mot JUMBO, den stora leksaksaffären."*

*"   okey tack så mycket , vi väntar här."*

*Det tog faktiskt bara 15 min och så kom Lisa. En lång, blond tjej i 30-årsåldern och hon tog våra väskor och vi satte oss i bilen, en sprillans ny Volvo.*

*Och efter 15 min var vi framme vid hennes bostad. Det var ett höghus mitt i ett stadskvarter och vi hjälptes åt med väskorna . Åkte hissen 3 trappor upp.*

*Vi möttes av en liten hundvalp i dörröppningen och en flicka, några år äldre än Alma*

*"      Varsågoda och stig på. Här är min dotter Dimitra. Hon pratar svenska."*

*Dimitra tog genast Alma i handen.*
*"    Kom så går vi in på mitt rum och leker."*
*Hundvalpen följde med och det gjorde Alma*
*också.*
*Lisa visade mig rummet längst nere i hallen och*
*det var stort och rymligt med balkong. Rummet var*
*nästan 20 kvm. var min uppskattning.    Själva*
*lägenheten var säkert på över 150 kvm.*
*Där bodde vi en vecka sen bokade jag flygbiljetter*
*till Sverige."*

Jag stoppade svärmor lite.
" Freja när ska du komma till skott. Tiden går och
jag vill ju veta vad som är på gång. Alma kan ju
vara i fara. Kan du inte ge lite ledtrådar till var hon
kan vara?"
Freja  tittade på mig som hon var i en annan värld.
"  Va,  javisst.   Jag förlorade bort mig lite, förlåt.
Hon kan ju ha kört vart som helst, jag vet ju inte
var han bor med sin familj men han har kanske åkt
till Elliots gamla hus i Skinn-skatteberg??"

Jag slog numret till Claes
"     Claes. det är Alex. kan du hjälpa mig?  Måste
åka iväg ikväll. Kan jag bilen då.
"      Ojdå det låter viktigt, ska slänga några ord
med Berit."

Jag och svärmor satt oss i bilen och körde hemåt. Ingen konversation alls. Vi levde i våra olika världar just då.

Väl framme parkerade jag på gatan utanför mig och hon steg ur och gick hem för att packa lite.

Gick in till mig men inga barn syntes till bara Claes och Berit.

" Barnen är där uppe. Vi hjälper. Imorgon är det som vanligt, skola osv så vi grejar det men du måste ta ett snack med dina barn.

" Vad är klockan? Har de ätit?

" Ja de har ätit, sa Berit så vi går hem nu och lägger våra barn och du fixar dina. Se till att de vet att Claes kommer att vara här i morgon bitti.

Claes och Berit  ropade på sina barn att komma ner och då kom Matheus och Irma också.

" jag kommer in sen." sa Claes.

Grannarna drog sig hemåt och jag satte mig i soffan med barnen och vi tittade lite på TV.

" Lyssna lite på mig, jag har nåt att berätta"

" vadå, pappa, är det mamma"

" Jag och mormor ska åka iväg för vi tror att mamma är på ett ställe en bit bort härifrån. Vi kan inte nå henne på telefon så vi måste åka.

Mormor tror kanske att hon vet var mamma  är.

Det betyder att Claes kommer att sova här"

" Va , ska du och mormor åka ikväll?"

" Ja det ska vi, men först ska vi duscha och jag läser saga och kommer att vara här tills ni somnar. Ni kan ringa till mig när ni vill."

Det verkade som om barnen accepterade det som skedde. De ville ju att mamma skulle komma hem. Vi satt kvar drygt en timme framför TV:n och tittade på ett musikprogram och när det var slut gick jag in i köket och fixade några mackor Vi åt under tystnad  sen gick vi upp för att duscha och läsa saga.

"   pappa ska du åka och hämta mamma?"
"   ja Irma jag tänkte det"
"   så imorgon kommer mamma hem?"
"   Nja kanske."

Jag läste saga och det tog ett tag innan de somnade efter många frågor men till slut så sov båda två.

Jag gick ner och grabbade telefonen som låg på köksbordet, ringde upp svärmor
"   Är du klar?"
"   Ja , ska jag komma över?"
"    gör det"
Jag la på och ringde upp Claes.
"     Tjena " svarade en glad stämma och det var nog vad jag behövde just nu.
Har ungarna somnat? ska jag komma över?"
    "Ja gör det."
Jag ställde upp ytterdörren så Claes o svärmor kunde komma in.
Gick upp, packade lite småsaker i ryggsäcken, tog en dusch och sprang ner för trappan (varför springa, tänkte jag)

Slängde ner ryggsäcken på golvet, gick in i köket och stannade tvärt.

Vid köksbordet satt min Alma och pratade med svärmor och Claes.

Hon reste sig upp och vi nästan kramade ihjäl varandra och vi grät en stund. Jag drog henne lite ifrån mig för att se om hon såg frisk ut och det verkade som hon blivit väl behandlad i alla fall somatiskt.

Vi satte oss ner och Claes tog fram lite rester från kylen o dukade upp tillsammans med vin.

Vi högg in på det som kylen hade att erbjuda: pasta sallad, bröd, avokadoröra (Almas favorit) lite kött från Berits lunch, tzatziki,m.m

Alma började berätta:

"    Jaha det var det. Igår trodde jag faktiskt att vi skulle resa nånstans, men så blev det inte.

William satte en bindel för mina ögon, kanske mest för att jag inte skulle se var vi var någonstans för efter en halvtimme tog han bort den. Då var vi på motorvägen. Men så mycket förstod jag att vi kom söder ifrån."

"    Din mamma vet ju var han bor men hur behandlade han  dig dessa dagar?"

"    Bra. Det var ett litet hus som du vet, jag hade ett rum i källarvåningen. En säng, sängbord samt en hylla och ett litet bord med 2 stolar.  Det var med fönster som vätte ut mot en väg. Jag såg liksom bilens hjul, men det var ingen trafik så jag tror att det var hans väg. Han kom med frukost, lunch och middag och vi pratade ofta mycket och länge där vid lilla bordet.

Han berättade att min far hade blivit fruktansvärt ledsen för att vi hade lämnat dom. Han frågade överallt i månader om någon sett oss. Sen blev han sjuk, förmodligen av sin sorg.

Han fick cancer och kämpade mot det i flera år. William tog hand om vår far själv och han skyllde det på dig mamma."

" Men, avbröt Freja."

" Vänta mamma, låt mig fortsätta."

" Han sa att min mamma inte gillade honom från första början. Hon hade mobbat honom och sagt till pappa när han kom på kvällen hur elak William varit. Ljugit om saker som hänt under dagen, vilket inte var sanna m.m."

Alma tittade på Freja som undvek hennes blick.

" Jag visste ju inget liksom för jag var ju liten när vi lämnade huset på Kreta.

Sen berättade han att hans egen mamma inte hade dött utan hon hade också "stuckit" som han sa, lite snorkigt. De hade inte hört ett ljud från henne under alla år.

Sen hörde jag din röst, mamma. Först fattade jag det inte men efter ett tag kände jag igen dig men kunde inte urskilja orden. Ni pratade och pratade, ibland höjdes rösterna. Mamma, varför sa du inte till Alex var jag fanns och hur du visste det?"

" Jag vet inte riktigt vad jag ska säga. Jag hade spårat William för knappt ett år sedan. Han dök upp på ICA en gång när jag var där och handlade.

Jag gömde mig så han inte skulle se mig . Följde efter honom ut och med bilen till huset där han bodde. Det är ju bara knappt 1 mil härifrån. Men jag tänkte inte göra något väsen av det utan jag skulle kolla honom framöver. Jag har sett honom här och där men inte  blivit upptäckt. Han gjorde inga tecken till att komma hit så det fick liksom vara. Men när jag hörde vad som hänt Alma blev jag förskräckt och tänkte, vad vill han henne. Därför tog jag bilen i lördags och åkte direkt till William.

Jag knackade på dörren och han måste sett mig från fönstret för han öppnade omedelbart."

" Jag hörde er i hallen, men var  inte riktigt säker på om det var du, mamma. Det hördes bara diffust."

" Vi satte oss i köket och han undrade varför jag inte kommit tidigare. Han hade sett mig men inte gett sig till känna.   Lite chockartat, måste jag säga. Jag trodde ju absolut att han inte sett mig.

Jag frågade om Alma men han nekade, vad skulle han göra med henne. Sen frågade han mig varför jag hade lämnat honom och hans far. Jag förklarade att  han var  svartsjuk när han var liten (ögonen blixtrade på honom men han sa inget) och hade gjort Alma illa. Och jag sa att det var inte okey och att han ljög för sin far när han kom hem, där trodde jag att han skulle slå mig men han höll händerna om stolsitsen så knogarna vitnade.

Då började han prata om Elliot som blivit så sen hans förra fru, Williams mor, bara gav sig iväg på samma sätt som vi. Hur ledsen Elliot blivit   för William var bara knapp arton månader då. Hans far hade berättat det för honom senare. Elliot hade sökt henne överallt men inte ett tecken på var hon kunde vara. Dessutom hade Elliot träffat Freja då som gjorde samma sak. Då var William sju och hade börjat skolan. Freja stor ut länge. Sen blev det ännu en kvinna,  i Elliots liv och där blev det också ett barn, Williams lillebror, Jens. Det tog inte så lång tid innan hon försvann med Jens.

Nu var han tvungen att hitta alla för att få del av arvet. Det vara faderns krav i Testamentet.

Han hade gått in på skatteverket, kontaktat folkbokföringen och allt möjligt som fanns för att söka men utan resultat. Däremot hittade Elliot mig och mamma men var för sjuk för att ta kontakt med  oss.

Av en händelse så såg han ett reportage i en tidning med en flicka som var i Almas ålder, kanske för 2 år sedan. Hur han kunde känna igen henne är ju en gåta. Men förmodligen så hade han listat ut det eftersom hon använde båda sina namn. Hon hade varit med sin man Alex på nån journalistgala och hennes klänning var så i särklass snygg så alla tog kort på paret. Hon hade ju dubbelnamn så han letade tills han hittade vad han sökte och flyttade hit för drygt 1 år sedan.”

" Men  hade han inget jobb, vad lever han av  , sköt Alex  in"

" Vet inte riktigt  men han sa att han jobbade här i vår kommun men med vad vet jag inte.

Men sen berättade han hur han hade farit illa under alla dessa år.  Ensam med sin sjuka far, utan hjälp av någon. Allt var vårt fel som åkt därifrån. Elliot hade blivit sjukare och sjukare och William var var runt 17 år och hjälpte till så gott det gick efter skolan. Hemhjälp var det snålt med eftersom de bodde långt bort från någon stad och hans far ville inte flytta. Han pratade också om Jens, vår lillebror. Han ville att Jens också skulle komma till stugan men han fick inte tag i honom

Han öste ur sig förakt för mig och uttryckte sig ganska hotfullt men han blev också trött av sitt eget prat så till slut så slängde han bokstavligen ut mig"

" Claes reflekterade : hörde du inga andra ljud? Att nån var där förutom du"

" Nej sa Alma"  han pratade ganska högt så det hördes inga andra ljud mer än hans klagosång."


Vi satt alla lite avslagna och stumma runt bordet. Jag fyllde på våra glas och tog fram lite taco chips och lite nötter.

Tystnaden var kompakt vid köksbordet. Vinet kändes gott  i strupen och chipsen gick åt och inte ett ord sades.

Alma såg helt utslagen ut.  Jag bröt tystnaden.

" Nu tror jag att det räcker för idag. Vi är alla trötta av dessa dagar med så mycket händelser så jag tycker nog att vi ska dra oss undan för lite sömn. Tack så mycket för allt tid, svärmor  och Claes , som ni lagt ner på detta. Vi kan väl höras imorgon hoppas jag. "

" Det var inte så mycket som jag kunde hjälpa till med. Godnatt och sov gott, och Alma, välkommen hem. Du skrämde oss rejält. Claes gav Alma en kram  öppnade dörren och gick hem till sitt.

" mamma , sa Alma, du kanske vill sova hos oss inatt. Det kan väl kännas  lite tryggare efter allt du varit med om."

" Ja kanske en god ide´. Jag är så ledsen att allt detta hänt dig .

"  men mamma , det är väl knappast ditt fel att William är konstig. Och förresten så gjorde du så att han tröttnade och släppte mig. Kunde ha varit mycket värre, eller hur?"

Klockan hade blivit över Midnatt  så vi dukade av och gick upp på övervåningen. En säng stod i det som skulle bli Irmas rum: Vi bäddade den åt Freja och sa godnatt sen gick vi in till oss. Det var som om allt som hänt bara varit en dröm. Jag  förstod dock inte varför William hade hållit Alma inlåst i ett rum , för vadå??

Det fick vi prata om imorgon. Alma tog en efterlängtad dusch och la sig i sängen. Jag tror inte hon hann nudda kudden innan hon somnade. Jag tittade på henne där hon låg och kände ett visst  lugn nu när hon var hemma igen men samtidigt gnagde något i mig som jag inte riktigt kunde ta på.

Jag gick in i badrummet och tog fram lappen som brände i fickan och läste:

Imorgon kl 19.00 på Å-gården.

"Imorgon vaddå imorgon , Fokusera, Matheus hade fått lappen imorse på lekplatsen. Just det, då var det imorgon, måndag kl.19 på Å-gården.

Jag tog en snabbdusch och tittade till barnen lite innan jag gick in och kröp ner i sängen bredvid Alma. Jag iakttog hennes vackra hår som spred ut sig som en påfågel skrud på huvudkudden.

Hon såg så lugn ut och andades tungt. Sov säkert bra nu när hon var hemma. Jag hade lite svårt att somna med vetskapen om att imorgon skulle jag träffa min mamma.

Jag vågade inte tro att det var sant och imorgon måste jag också berätta för Alma vad som hänt.

# Måndag

Jag o Alma vaknade abrupt av ett barnskrik. Vi rusade båda ur sängen och ut i allrummet bara för att konstatera att Irma inte förstod att det var hennes mormor som sov i hennes blivande rum.

När hon fick syn på Alma kastade hon sig i hennes famn och grät och lovordade mig som lovat att mamma skulle komma idag.

Väckarklockan hade ringt så jag gick ner i köket och satte på kaffe o dukade upp till frukost.

Jag hörde glada röster uppifrån då även Matheus hade vaknat och konstaterat att mamma var hemma.

" Frukosten är klar.  Klä på er för det är skola idag"

Inget svar men snart  satt  alla tre vid köksbordet och pratade och skrattade.

Svärmor kom ner efter en stund och gjorde oss sällskap. Som en vanlig , härlig vardag.

"   Irma höll på att skrämma livet ur mig" sa svärmor  och log.

Denna helg hade verkligen ändrat vårt liv på ett konstigt sätt.

Vi gjorde oss iordning och tog en promenad till skolan tillsammans med mormor.

Det kändes så underbart att bara vara tillsammans. Skolan var bara 250 meter bort men vi följde med eftersom vi blivit lite skärrade.

Irma och Matheus gick tätt intill Alma och höll henne i var hand.

Vi gick först till förskolan med Irma och sen till skolan med Matheus.

De hade lite svårt att släppa Alma men till slut så gick det bra.

Jag, Alma och svärmor gick till fiket som låg i närheten och tog oss en kaffe. Vi satt faktiskt ute, solen sken och det var en relativt varm vårdag.

Vi sa inte så mycket; speciellt inte Freja, hon verkade väldigt trött och ledsen.

Efter en halvtimme tackade svärmor för sig och drog sig hemåt för att vila. Hon orkade inte mer.

" Hejdå mamma ," sa Alma och kysste henne på kinden. Och tack för att du hjälpte Alex. Vi ses imorgon."

Jag kysste Freja farväl. Vi stannade en stund till och Alma berättade sin historia.

"    Alex , vet du att William är gift och har 2 barn samt bor ett par mil härifrån. Han hade det där huset här bara tillfälligt för att kunna få tillfälle att prata med mig. Han bodde inte där 24/7 utan "bara på jobb". Hans fru visste ingenting, påstod han.

Han var väldigt frustrerad och undrade om jag aldrig tänkt på honom under alla dessa år.

Jag svarade sanningsenligt att jag tänkt på honom men var mest rädd att han skulle hitta mig.

Ett tag undrade jag varför han inte tagit kontakt med mig normalt, dvs ringt eller kommit och hälsat på med familjen.

Men sen kom ju mamma en andra gång och då visade han sin gamla sida. Han sparade inte på orden utan skällde på mamma att det var hennes fel att pappa hade blivit sjuk och dött. Elliot och William hade kommit till Sverige och Björkhagen för att Elliot skulle få bra vård, men han dog efter några år när de hade flyttat till  Björkhagen.

Han hade ju bara retat Alma lite som han sa till henne och inte menat allvar. Skojat med pappa på kvällen för att se en reaktion. Han tyckte också att vi inte brydde oss om honom. Sen kom han in till mig och gapade och skrek att jag hade förstört hans liv. Jag frågade om hans familj och om hans barn. Men då blev han ännu argare och jag frågade inte mer.

Han gick iväg och den dan var han riktigt sur, jag fick bara lite bröd och vatten."

" Men , ska vi inte polisanmäla honom då , tyckte jag."

" Nej jag orkar inte hålla på och vad ska han mer göra, han skulle åka hem till sin familj för huset hade han hyrt var bara  t.o.m idag. sa han."

Freja sa inte mycket bara lyssnade på Alma när hon pratade. Alma fortsatte:

" Han ville på inget vis att vi skulle veta var han bodde och mig kan det göra detsamma.

Men det som var det viktigaste för honom var ju att hitta mig eftersom jag var arvinge till Elliot.

Vilket betyder att jag ärver honom. Därför var han här för att hitta mig och hans yngre bror, för arvet har varit fryst tills han skulle hitta oss.  Han hade inte fått sin del heller.

" Men varför kom han inte hit då, sa jag direkt, varför denna cirkus.

Jag förstår fortfarande ingenting. Och han hade väl inget som var nåt att ärva."

" Det får vi veta framöver av advokaten som kommer att ta kontakt.

Men det andra var att han ville hitta sin biologiska mamma. Det var ju konstigt, alltså.

Undrar om vi kan gör nåt, typ forska lite . "

Alma var tyst en stund men fortsatte.

" Alex hur har du haft det dessa dagar som jag varit borta?"

" Ja va ska jag säga, en konstig situation. Nu när du sitter här känns det bara som en ond dröm liksom.

Claes och Berit har ställt upp en del och svärmor, fast hon inte höll sig till sanningen.

Men barnen har varit fantastiska, tålmodiga och duktiga. Irma var ledsen ett tag men det  gick över efter en stund. Men det har hänt något annat som jag måste berätta för dig."

Jag hade tagit med mig alla lappar och tog upp dem ur fickan och la på bordet.

" De här är från min mor."

" Va, sa Alma och såg ut som om himlen ramlat ner, vaddå, din mamma är ju död. vad är det som händer."

" Jag berättade hur det hela började och hur jag hade sett henne utanför tågstationen när jag handlade häromdagen (fast var ju osäker om det var HON) hur jag  fått lapparna men inte kunde nå eller se henne där just då.

Men som du ser så vill hon träffa mig ikväll och jag tänker gå dit"

" men Axel, klart att du ska det, det här är ju inte klokt, vad är det som händer runt omkring oss.

Det är för mycket och varför allting samtidigt. Men vilken tid ska du dit?  Vill du ha sällskap?"

" Nej jag vill gå själv så här första gången."

Alma tyckte detsamma och vi avslutade vårt kaffe och drog oss hemåt.  När vi närmade oss såg vi att en bil stannat utanför vårt hus. Vi gick lite fortare för att se vem det var. Bilen kände vi inte igen. Vi såg ingen men när vi öppnade dörren kom en herre fram från baksidan av huset.

"  Ja godmorgon, ursäkta att jag tränger mig på"
Han tog oss i handen och presenterade sig:
Mitt namn är Jacob Andersson, advokat
Jag förmodar att ni är Alex Bofakis"
" Ja det stämmer. vad gäller saken?"
" det gäller ett arv till Alex Bofakis."
Jag stirrade från advokaten till Alma men förstod ingenting. Bad Jacob Andersson att kliva in.
Vi slog oss ner vid köksbordet och han visade sin legitimation och sen berättade han att jag hade ett arv, från en farbror.
" Va, hade jag en farbror?"
" Alma snälla sätt på lite kaffe, vill advokaten ha en kopp?" Han tackade ja och vi fortsatte samtalet.
" Din farbror hette Manolis Bofakis och dog för ett par månader sedan.
 Jag visste inte vad jag skulle säga.
" Ja. han var  från Kreta, Han bodde där tills han dog." sa advokaten
Jag visste inte vad jag skulle tro, jag var chockad, stum.
" Du har ärvt en gård utanför Chania på sydvästra Kreta, fortsatte advokaten, en gård med olivträd

m.m Jag är inte så insatt i det hela eftersom jag har fått detta från Grekland då en advokat skickade detta till mig. Jag har dessa handlingar här så du kan läsa och skriva på. Han pekade på några papper jag skulle skriva under och som tur var så var de översatta till engelska.
De grekiska originalen fanns också med.
Det var en delgivning om ett arv. Jag skrev på att jag tagit emot handlingarna.

"	Det finns också ett bankkonto och du måste kontakta denna bank för att få tillgång till det,  kan vara lite problem med banker där men kontakta dom så snart som möjligt."
Han gav mig ett kuvert som var oöppnat.
"	jaha sa jag och vad gör jag nu?
"	När du läst igenom dokumenten så kontaktar Du mig. Jag kommer hit och tittar om allt är
korrekt.  Du och två vittnen skriver under och sen meddelar jag advokaten på Kreta."
Jag undrade hur det kom sig att just han blivit informerad om detta och inte jag direkt. Han sa att han jobbar mycket med Grekland och de hade inte hittat mig så de kontaktade honom för att ta reda på var jag fanns. Jag skulle vara tvungen att ta kontakt med advokaten  på Kreta, så snart som möjligt.
Vi drack vårt kaffe och Jakob Anderson reste sig och jag följde honom till dörren. Jag stängde dörren och gick fram till köksbordet och öppnade brevet.

" Alex, jag går upp och fixar lite på övervåningen."

Jag varken hörde eller såg utan stod bara där med ett brev som var skrivet på grekiska, från min farbror!!
Jag visste ju att min far kom från Grekland men han var väldigt tystlåten om sin bakgrund så jag fick inte veta mer än så.
Alma försvann och jag tog mitt kaffe och slog mig ner i TV-soffan. Jag granskade dokumenten men sen lade jag de åt sidan för att ringa om bilarna.
Först funderade jag lite över min far. Han var ju liksom mer cendré än mörkhårig och såg inte speciellt utländsk ut. Han hade aldrig sagt nåt om varken sina föräldrar eller några syskon. Kände mig uppriktigt sagt lite snurrig.
Återvände till dokumenten. Det var fakta om gården, ritningar och bilder på ett  par hus som låg på denna tomt. Det var stort och faktiskt en gård. Det var vitkalkat med tegeltak och på gården fanns fler byggnader som inte framgick riktigt vad de kunde vara.

Letade efter en fullständig adress för att gå in på Google map och se hur det såg ut och exakt var det kunde ligga.
Jag läste och läste och var så inne i det hela så jag hörde inte ens att Alma kommit ner och satt sig bredvid mig i soffan. Ej heller att hon hade lagat lunch i köket. Jag hoppade till av

överraskning och tappade en del papper på golvet.

" Men Alma, herregud jag märkte absolut ingenting av att du kommit ner."

" Men Alex, jag har ju varit i köket en bra stund och skramlat. Lunchen är klar, vi måste ha lite mat i oss"

" Hoppsan, har inte hört nånting, okey jag ringer mina samtal och sen kommer jag"

Alma reste sig och jag ringde. Svärmors bil i Västerås skulle bärgas idag till min verkstad i Arboga.

Min bil som jag anmält stulen i lördags  hade de hittat på en parkering i Kungsör, Bensintorsk.

Jag hade lämnat den i Arboga när jag åkte till sjukhuset med Alma. Sen hade den blivit stulen. Ibland händer det.

De skulle kontakta mig under dagen sa de. Det såg inte ut att vara något fel på den. Jag fick uppgift på var den stod exakt så jag kunde åka dit och hämta den.

Jag samlade ihop alla dokument och la de åt sidan  Vi åt under tystnad och delade på en öl. Alma hade kokat ihop en utsökt pasta rätt från `ingenting i kylen`.  precis som sin mor. Trollar fram mat som  enligt mig inte finns. Jag sa att kylen var tom och då lagade Alma fina rätter på det.

Lutade oss tillbaka i soffan och jag började berätta en del av det jag förstått av arvet i stort.

" Jaha Alma det här inte klokt. Vi har ärvt en gård med tillhörande hus av olika slag och med en tomt med över 200 olivträd"

" Nej det är inte klokt eftersom jag också har ett förflutet i Grekland och älskar det."

" Va men det är ju inte sant. Vi som älskar Grekland. Kom du ihåg när vi var på Kreta för 100 år sedan. Vi luffade från Kreta till andra öar och sen har vi inte varit där alls. Och nu har vi en gård" Alma började gråta.

" Men vad är det Alma"

" Jag vet inte men det känns helt otroligt, som en dröm, något man skulle vilja men av ekonomiska skäl inte kan. Ouppnåeligt liksom."

" Ja verkligen men nu när det är sant så måste vi absolut boka en resa till Kreta snarast."

" I sommar menar du"

" Nja så fort som möjligt, jag kanske måste flyga ner själv tidigare för att gå till banken.

" har du fått nåt bank-konto nummer eller några andra uppgifter."

"Nej, nu ska jag gå igenom dokumenten och se om det är något jag kan förstå. Sen kontaktar jag advokaten på Kreta och så småningom bokar jag resa ner.

Jag måste ta med personbevis, pass, ID-kort. Personbevis med uppgift om vilka som är mina föräldrar, helst översatt till grekiska.

" Herregud."

Mobilen ringde.

" Alex här."

"    Din bil är hos oss på macken i Kungsör. Den är okey."

"    Bra, tack så mycket."

Jag fick uppgift på var den stod exakt så jag kunde åka dit och hämta den.

Vi reste oss ur soffan och dukade av. Vi gick och lade oss.  Vi hade ju inte haft en stund för oss själva på ett tag  så vi passade på att mysa lite ordentligt som ett par kan göra som älskar varandra. Vi pratade en del men sen tog sömnen över och vi vaknade  inte förrän vid halvtretiden.

Jag steg upp, tog en fika och  samlade ihop mina papper, tog en dusch, klädde på mig. Jag gick upp på övervåningen och lät Alma att sova. Tog en tjockare tröja ur garderoben och skulle just gå för att hämta Irma då Matheus kom inspringande genom dörren i hallen.

" pappa , mamma , jag är hemma"

Jag kom precis ner för trappan.

"    Hej grabben, du kommer tidigt?"

"    Ja, vi var färdiga med allt så vi fick gå lite tidigare"

" Ok jag går och hämtar Irma, mamma är hemma. Hon sover, tror jag.

Matheus rusade upp för trappan och jag begav mig till förskolan.

Jag   gick iväg för att hämta Irma då jag helt plötsligt nästan snubblade över någon på våran uppfart.

" Vad i allsin dagar? Vad gör ni här?"
Kvinnan vände sig om som hastigast och sprang
därifrån.
Jag blev så förvånad att jag inte fick fram ett ord.
Fortsatte min promenad för att hämta Irma.
Det var liksom helt otroligt. Ikväll skulle jag träffa
min mor, som jag trott varit död.
Det var svårt att smälta. Mina funderingar gick ju
till att, varför nu? Var hade hon varit alla år?
Varför hade hon inte hört av sig tidigare.
Hade frågat min far många gånger om vad som
hänt men aldrig fått nåt svar mer än att hon var
sjuk och dog. Min far som inte hade varit så
väldigt intresserad av just mig.
Kort efter min mammas "död" hade han träffat en
betydligt yngre kvinna. Jag bodde mest med
farmor medan pappa jobbade och var med den
nya kvinnan. Jag träffade henne en gång. Hon var
blond och mycket sminkad. Hon var smal och
spretig och hade onda ögon, tyckte jag. Det var
inte så att vi blev en ny familj, nej han levde sitt
eget liv och kom och hälsade på mig och farmor
emellanåt. Min far och jag kom längre o längre
ifrån varandra. Han såg till att vi hade det vi
behövde, ekonomiskt. Ibland måste farmor kanske
gå någonstans utan mig, då var där en granne
som heter Mona, som jag var hos tills farmor kom
hem. Senare fick jag veta att min far Andreas
flyttade utomlands och jag har inte hört något från
honom…… (Flyttade han kanske tillbaka till
Grekland.)

Då var jag 25 år. Ärvde lägenheten efter farmor och bodde kvar några år tills jag fick jobb i Arboga och bestämde mig för att byta miljö. Hammarbyhöjden var en fin gammal förort. Nära till natur och badsjö på sommaren. Tunnelbana in till Stockholm på 20 minuter, men jag kände mig trött på Stockholm. Jag hade utbildning som fotograf sen jag var 16 år och hade avslutat min examen inom data med bildhantering när jag var tjugoett år. Sen gick jag på journalishögskolan. Sökte till Militäranläggningen i Arboga som systemtekniker. Köpte en liten bostadsrätt i stan och flyttade. Det var ett av mina bättre beslut. Det var lugnt och en vacker stad. Hade aldrig varit där, bara besökt den när jag tittade på bostaden jag skulle köpa. Dessutom var det bara 20 min. med tåg till Örebro, en stad med alla nöjen man kunde önska sig.

Saknaden efter farmor var stor och jag har inga syskon. Ganska ensamt ett tag men jag hade många fina arbetskamrater som blev mina bästisar. Och jag träffar en del fortfarande.

Fortsatte min promenad för att hämta Irma.

Barnen var ute på gården när jag kom till Förskolan. Vädret var fantastiskt och Irma kom springande direkt hon fick se mig.

" Är mamma hemma."

" Ja visst är hon det, gå och hämta din ryggsäck så går vi hem."

Jag bytte några ord med förskoleläraren Karin som sa att Irma hade varit sprudlande glad hela dagen.

Irma var snabb och kom ut genom huvudentrén. Hon nästan sprang hem och rusade in genom dörren och fram till Alma som stod i köket och lagade mat. Hon kramade henne allt vad hon orkade och sken som en sol. Jag blev väldigt rörd.

Alma hade lagat en underbar vegetarisk gryta. Irma hjälpte mamma med dukningen medan jag gick ut för att hämta in Matheus.

Han hade lekt med Oscar på gården utanför.

Han kom nästan omgående, hungrig som han var.

Vi satte oss och åt med god aptit och lyckan över att vara tillsammans var överväldigande.

Idag blev det också efterrätt: Glass med choklad sås. Det var ju fest.

Vi tog oss tid vid matbordet som om det var evigheter sen vi hade suttit tillsammans.

Irma tog till orda först

"    Mamma, kan du läsa saga i soffan."

"    ja visst kan jag det."

Matheus sa inte så mycket utan följde med och de satte sig på varsin sida om Alma och lyssnade andäktigt på sagan. Det brukar aldrig hända men nu verkade de lite försiktiga och ville väl visa sitt bästa "jag" så mamma inte skulle försvinna igen. Barns sätt att  tänka.

Jag dukade av bordet, laddade en diskmaskin och ringde till Claes.

"  Hej Claes,  ja ja allt är lugnt , undrar bara om du kan köra mig till macken i Kungsör. Min stulna bil står där?"

"  Javisst, går det bra om om 10 min?"

"  Ok , no problem"


Det tog inte lång stund innan barnen somnat i soffan och vi hjälptes åt att bära upp dem i sovrummet. Inga pyjamaser, ingen tandborstning men vi tog av deras byxor och de fick sova som de var.

Klockan var bara strax innan 19 och jag gjorde mig iordning för att möta min mor. Claes hade kommit över och vi hade kört o hämtat bilen i Kungsör.

Parkerade bilen utanför och  gick in till Alma för att säga att jag skulle åka till Arboga.

Jag skulle träffa min mor( om det nu var hon) på

Å -Gården låg precis vid å:n i Arboga så det tog inte så lång tid att åka dit. Det är en populär restaurang med lunchservering i veckorna. En underbar uteservering på sommaren. Levande musik på lördagar.

Jag kände mig lite nervös faktiskt men det skulle nog lösa sig när jag väl träffat henne.

Det var inte många gäster denna måndag kväll Jag slog mig ner vid ett bord längst in. Det var lite kallt att sitta ute, tyckte jag. Hon kände ju igen mig så hon skulle hitta mig.

Bosse (ägaren) som var i min ålder, kom fram och tog beställning, en liten alkoholfri öl, sen slängde vi några ord med varandra om våra familjer osv. Vi hade träffats när jag flyttade till Arboga, Vi hade varit  grannar på Kapellgatan o vi festade ibland, kollade nån film , tittade på fotboll osv.

Jag fick min öl och Bosse gav mig lite nötter extra. Jag och Alma brukade gå dit ganska ofta innan vi fick barnen men sen har det blivit lite mer sporadiskt.

Jag satt i mina egna tankar och funderade över min mor och märkte inte vart tiden tagit vägen.

Tittade på mobilen och den hade passerat åtta.

Tog fram mobilen och slog en signal till Alma.


" Hej älskling, hon har inte kommit. Jag väntar en halvtimme till sen kommer jag, okey?"

" Ja visst , Alex , det blir bra. Vi ses om en stund."

Tyckte hon lät lite sval i sitt sätt att prata men det var nog bara inbillning.

Jag föll tillbaka i mina egna tankar igen.

" Vad är det som pågår.  Min moster Ilone, hade jag träffat några gånger för många år sedan och hon verkade inte tro nåt annat än att min mamma var död. Antingen ljög hon eller så visste hon inte.

Och min pappa, vad hade han gjort. Det måste varit han som var orsaken till hennes försvinnande."

Jag slängde en blick på mobilen och den var redan nästan kvart i nio. Väntan hade varit förgäves.

Jag gick fram till Bosse som var bakom bardisken och betalade och gick till bilen som jag parkerat på Stortorget och körde hemåt.


 Körde in bilen i garaget och klev in i hallen .

" Alma, hallå, är du vaken?" Inget svar.

Jag nästan sprang runt i huset men bara för att finna henne på toaletten.

" Gudskelov. jag blev så rädd när du inte svarade när jag ropade.

Hördes inte ett ljud från toaletten.

Jag öppnade dörren  och där låg hon i en blodpöl på golvet.

Alltså kunde knappt andas men måste samla mig.

Jag tog pulsen, tittade henne i ögonen och hon tittade på mig , slog 112

Hon hade slagit huvudet i handfatet?? eller vad hade hänt.

Jag torkade henne och försökte se var ifrån allt blod kom, Jag pratade hela tiden och hon tittade på mig. Vi hade ögonkontakt.

Hörde ambulansen. Jag gick och öppnade ytterdörren för dem eftersom jag automatiskt hade låst när jag kom hem och nästan skrek till ambulansmännen.

"   Toaletten är där, jag pekade och de rusade in och började med att ta puls och se om hon var kontaktbar. De tog henne försiktigt och bar henne halvt gående ut till bilen där de lade henne på båren.
Jag ringde Classe
"   Hej Classe, det har hänt nåt förfärligt. Kan du komma över…"
"   Är redan där" sa han och slängde på luren.
Inom 1 minut kom han inrusande, jag förklarade att jag måste följa med till sjukan med Alma och barnen sov.
"   Jag stannar här"
Fick inte fram ett ord mer. Ambulanspersonalen hade tagit hand om Alma på båren och var på väg ut, Jag följde efter och vi åkte till sjukhuset.
Satt  bredvid Alma som de gett lugnande. Hon såg ut som hon sov liksom och de hade lindat huvudet med bandage. Det var bara att avvakta vad som skulle hända nu på sjukhuset. De körde mot Västerås. Sjukhuset  är stort och har resurser.
Tårarna började rinna nerför mina kinder. Detta var mer än jag allsmäktade.
Kände mig plötsligt väldigt tom i huvudet och trött.
Vi närmade oss Västerås sjukhus akutintag.

Ambulansen körde in på Akut mottagningen och ett läkarteam tog emot direkt. De lade Alma på en sjukhusbår och ställde mig några frågor.
"   Har hon ätit de sista timmarna" en av läkarna undrade.

" vid 17-tiden" svarade jag

" Lider hon av någon slags allergi?"

" Inte vad jag vet eller har upplevt"

" Okey, vi tar in henne nu och tar lite prover. Tar reda på exakt vad som hänt, men det kan vara någon skallfraktur. Om du vill kan du sitta i väntrummet så återkommer vi när vi vet mer. Vi gör alla vårt bästa och hon var ju vid medvetandet när du fann henne och har inte förlorat så mycket blod."

" Okey"

Jag blev hänvisad ett väntrum av en sköterska. Det var tomt på folk. Slog mig ner på en stol och en syster undrade om jag vill ha kaffe och smörgås. Jag svarade:

" Ja tack " utan att veta varför.

Hon kom tillbaka med kaffe och smörgås, ställde det på bordet jämte mig , märkte det knappt.

Jag försjönk i nån slags " inte vara".

" Får vi slå oss ner?"

Jag fullständigt hoppade till, tittade upp på två polismän som stod framför mig.

" Va, hm ja visst. har det hänt nåt?"

De tittade på varandra.

" Vi är här angående er fru Alma. När det händer något liknande så tar läkarna kontakt med oss eftersom det verkar vara ett brott som ligger bakom"

" Jaha " sakta kom jag till sans och förstod vad de menade.

" 	Vi skulle vilja ställa några frågor, om det går bra?"

" 	Hur är det med Alma, har jag suttit här länge? Jag känner mig smått förvirrad måste jag säga"

" 	Det förstår vi. Vi vet ej riktigt hur det är med Alma men ju fortare vi vet vad som kan ha hänt, ju bättre är det"

" Okey, jag är redo"

De började ställa sina frågor.


" 	Var du hemma när detta hände?"

" 	Nej, jag hade åkt till restaurangen för att träffa en person. Åkte hemifrån strax före sju och återvände runt nio.

" vad hände då du kom hem.?"

" Jag öppnade dörren, gick in och ropade på Alma. Fick inget svar, blev orolig pga av vissa händelser sista tiden, rusade runt bokstavligen talat och hörde något från toaletten.

Jag ropade genom dörren men fick inget svar så då gick jag in och fann henne halvt medvetslös och blodig på golvet." Jag började liksom torka av henne för att se varifrån allt blod kom, pratade till henne och hon mötte min blick. Jag tog en handduk och svepte runt huvudet för att stoppa blodflödet som inte var så mycket som det såg ut från början. Ringde direkt 112.

Jag pratade med henne hela tiden. Hon såg på mig men sa inget och sen sprang jag för att öppna för ambulanspersonalen. De tog hand om Alma medan jag ringde min granne Claes och bad

honom komma över för våra barn sov.  Han kom
inom en minut. Jag följde med i ambulansen.
” Var sov barnen?”
” på övervåningen?”
” ja, kom just på att jag inte tittat om de var där.
Jag tog fram mobilen och ringde till Claes.
” Hej Claes, Sover barnen där uppe?”
Han blev nog väckt av mig för han lät lite
sömndrucken.”
 Ja visst gör de det, Jag gick upp när du åkt och
de sov så gott. Hur är det med Alma?”
” Läkarna undersöker henne  just nu, allt jag vet,
Hör av mig snart då jag vet när jag kan åka hem..
Tack Claes för hjälpen”
” Ingen orsak”
Jag vände mig mot polismännen och berättade att
barnen sov där de skulle. Min vän Claes hade
tittat till de när jag åkt iväg.
” Kan Alma haft något besök när du du inte var
hemma?”
” Jag vet inte men jag ringde runt 8-tiden för jag
skulle bli försenad och hon lät lite sval tyckte jag
men fäste ingen tanke vid det, Kanske tittade på
TV och var fokuserad på det.  Sen tänkte jag inte
mer på det, uppriktigt sagt.
” Har du något emot att vi besöker ditt hus nu för
att säkra fingeravtryck eller nåt som kan tyda på
besök innan någon annan rör till.”
” Det går bra, ringer Claes och säger att ni
kommer”

” Helst inte. Det vore bättre om du gav oss nyckeln så vi kan gå in. I detta läge litar vi inte på någon.”

” Okey, här är nyckeln men får jag besvära er om bara att inte väcka barnen.”

” Ja absolut, var sover din kompis Claes, så vi kan väcka honom lite försiktigt.”

” förmodligen på soffan i vardagsrummet, När man kommer in är det hallen med WC/dusch. Det var där jag fann Alma. Två läkare kom in i väntrummet och la sig i vårt samtal.

” Alex du kan åka med poliserna. Alma sover nu. Hon har en hjärnskakning och vi har sytt henne med 10 stygn i bakhuvudet. Men hon hade tur,

Vi har röntgat och det visar normal hjärnaktivitet.

Du kan lugnt åka hem och sova lite. Vi har henne under uppsikt inatt här på intensiven så du kan vara lugn.”

Alex tog på sig jackan och följde med poliserna för vidare färd hem.

De hade anlänt med en privatbil. Alex satte sig bak och de körde mot Medåker.

De anlände hemma hos Alex vid 01-tiden på natten.    Alex hade tagit tillbaka nyckeln och öppnade försiktigt dörren.

Han gick in i salongen och fann Claes sovande på soffan. Han gick fram och väckte honom försiktigt.

” Clas, ” viskade Alex  vakna, jag är hemma. Jag ruskade honom lite och han kom till sans, Han tittade på mig som att jag var ett spöke.

” Va , vad är klockan, hur är det med Alma?”

" Hon är okej, sydd i huvudet och hjärnskakning så läkarna sa att jag kunde åka hem."
Claes gnuggade sig i ögonen och satte sig upp.
Då fick han se poliserna.
" De här poliserna ska göra en husrannsakan, Det är rutin att polisen checkar av när det händer något dylikt.  För att utesluta brott eller för att säkra fingeravtryck.
Claes såg lite förvånad ut men reste sig upp och hälsade på dem.
" ja ha, sa en av poliserna, ska vi först ta en titt på WC där du hittade din fru?"
" javisst, vi gick ut i hallen och öppnade dörren till toaletten och de gick in och började undersöka den. Jag gick tillbaka till Claes och frågade om han ville ha nåt att dricka eller äta.
" En bira."
" okey  hämtar det."
Alex öppnade kylskåpsdörren och tog ut lite mat från middagen och diverse andra rester .
Dukade bordet och ställde fram två öl.
De satte sig och åt under tystnad.
" Vi har undersökt WC och vi har hittat en del fingeravtryck men det kan ju vara familjens så vi återkommer om det. Kan vi se oss omkring lite?"
" Ja det går bra. Bara ni inte väcker barnen däruppe"
De gick in i salongen och frågade om de två
glasen som stod på lilla bordet i läshörnan.
" vi hade druckit ur och jag dukade av innan jag gick iväg på kvällen"

" Jag drack en öl direkt ur flaskan som står på diskbänken," sa Claes.

Poliserna tog glasen in till köket. Tog finger-avtrycken på dom och från flaskan. Sen gick de runt och undersökte dörrar  och fönster. De gick upp en sväng men kom snabbt ner igen. Tackade för sig och Alex visade dem ut.

Alex var helt slut men ville inte gå och lägga sig. Claes såg inte heller så pigg ut.

" Vill du gå hem, Classe eller?"

" Nja jag har ju vaknat så jag hänger med en stund till, och du?"

" helt slut men en öl till går ner.

Vi drog varsin öl vid köksbordet men orkade inte prata så mycket. Klockan började närma sig två-rycket och barnen skulle ju till skolan.

" Jag drar." sa Claes, "vi hörs imorgon."

" tack för hjälpen, verkligen tack för att Du ställer upp med kort varsel."

Claes gick mot ytterdörren och sa bara ett svagt "go´natt"

Satt kvar en stund men var så slut så jag kunde inte tänka. Gick upp och kikade in på ungarna. De sov lugnt o fint.

Drog mig till badrummet och tog en snabb dusch.

Var skönt att lägga sig efter denna dag. Somnade ganska omgående men sov oroligt.

## Tisdag

Vaknade av en puss på kinden. Irma , min älskade lilla solstråle. Tog upp henne i sängen och vi kramades länge.

” pappa, har mamma gått till jobbet”

Jag kikade på mobilen som visade 8.32. Herrregud har missat både förskola och skola. Kunde liksom inte fokusera på det.

” Mamma är i väg en stund men vad ska vi göra som missat både din ”förskola” och Matheus skola. Klockan är mycket.

”  Kan vi äta frukost först och gå sen, sa Irma”

”  Bra ide´. Väck Matheus så går jag ner och gör frukost och ringer till fritids och talar om att vi är försenade.”

”  Godmorgon Matheus”

Hörde honom komma ner för trappan.

”  Morron, var e´mamma.”

”  Ute en stund. Ta fram brödburken, tack”

Matheus kom med brödet och satte sig vid bordet. Irma hade redan satt sig. Jag tog en kopp och hällde upp kaffe. Hade ingen matlust.

Ringde ett samtal till barnens fritids som har en samordnare för skolorna.

Vi åt och drack under tystnad. Ingen sa någonting, konstigt.

"  Har ni tagit skolväskorna?"

"  Jaaaa." ropade  de i samma stund.

Vi klädde oss, Det var lite kallt idag på morgonen så tjocka jackan  åkte på.

Vi gick tillsammans i sakta mak, fortfarande utan att prata.

"  Ska jag följa med in, frågade jag Irma.

"  ja om du vill"

Vi gick in på förskolan tillsammans och alla satt i samlingssalen. Fröken (ANNA) kom och tog emot Irma och jag gick ut till Matheus.

Han väntade otåligt och vi fortsatte till skolan som låg strax bredvid.

"  Du behöver inte följa med in, pappa"

"  Okey, är det säkert."

Han svarade inte utan gick in och vinkade till mig när han öppnade dörren.

Jag gick hem o tog en påtår samtidigt som jag ringde till sjukhuset.

"  Avd.2   sal 4

"  ett ögonblick…

"  avd. 2 , vad kan jag hjälpa till med."

"  Alex heter jag och jag har min fru på sal 4, Alma Blom."

"  Kopplar in dig,, varsågod"

Väntade en stund men fick inget svar……..

Jag ringer igen… samma procedur, men säger till sköterskan om hon kan gå till rum 4 och titta om Alma sover.

Hon ska göra det och ringer upp efter ca 5 min,

" Hej, syster Elsa här. Din fru sover just nu så om du kan ringa vid lunch"

" okey, tack.

Jag la på luren samtidigt som det ringde på dörren.

" Kom in , ropade jag,

" Hej Alex  hur har ni det? Bjuder du på en kopp kaffe."

" javisst. vill du ha en macka?"

" Nej tack ", sa svärmor.

Vi slog oss ner vid köksbordet och hon frågade om Alma sov…

" Nej, hon ligger på sjukhuset igen".

Väntade på en reaktion men den uteblev.

" Hon mår bra men hon har blivit attackerad och nerslagen igår kväll när jag var borta. Jag hittade henne på toaletten i hallen. Liggande på golvet, blödande."

Nu började svärmor att gråta hejdlöst, chockad och helt stum, sa ingenting.

" Freja, Gråt inte så, hon är okey, vi kan gå dit sen tillsammans efter kaffet. Hon har sytt några stygn, fått en lätt hjärnskakning, men mår okey. Polisen kommer nu på morgonen för.."

"   Vad är det som händer" avbröt hon, förstår ingenting,   Är det William igen då dödar jag honom.  Hon fortsatte att gråta och jag lyckades inte få henne att sluta.

Mobilen signalerade, hade stängt av ljudet.
" Alex, godmorgon" sa Alma i andra änden .
" Kära du , hur mår du?"
" Det är okey, kommer du upp o hälsar på"
"     Ja, jag kommer med din mamma om ca halvtimme. Blir det bra. Vill du ha nåt?
"    Nej, bara att ni kommer, har något jag måste prata med dig om."

Freja hade slutat att gråta och hon gick hem för att fräscha till sig lite och byta kläder.
Jag gick upp för att ta en dusch och till sovrummet för att byta kläder.
Öppnade garderoben och där var en enda röra!!!!
Öppnade Almas garderob, likadant.  Hade inte öppnat i går kväll på sånär en låda när jag duschat för att ta ut kalsonger och en tröja.
Jag drog ut de övriga lådorna och där var det någon som rotat runt. Likaså i Matheus rum.
Alltså det här liknar ju ingenting.  Sökte överallt och det verkade ju faktiskt som nån varit just ,överallt.
Vad skulle detta betyda. Kanske det som Alma vill prata om…
Klädde på  mig  och gick ner där svärmor väntade men sa inget till henne.

Vi gick ut och hoppade in i svärmors bil och körde iväg mot Västerås sjukhus. Mycket trafik så det tog längre tid än vanligt.

" vad tror du kan ha hänt", sa svärmor.

" Jag vet inte" sa jag men var för koncentrerad på trafiken.

Vi körde in på parkeringen till sjukhuset i Västerås och det var svårt att hitta parkering. Det var alltid ett problem.

Hittade till slut en plats och svärmor klev ut och löste P-biljett.

Hon kom tillbaka med biljetten och jag låste bilen och vi gick mot sjukhuset.

Alma låg på samma avdelning som förra gången så när jag kom dit så var polisen på rum 4 tillsammans med Alma.

Freja nästan knuffade mig åt sidan för att komma fram till Alma. Hon fullständigt kastade sig över Alma för att krama henne.

Jag höll mig lite i bakgrunden tills svärmor drog sig undan. Alma tittade på mig över axeln på Freja.

Jag steg fram till Alma och gav henne en kram och sen bad polisen att svärmor skulle gå ut en stund.

Och så blev det. Jag satte mig på stolen och polisen började presentera sitt ärende:

" Mitt namn är Per Karlsson, kriminalare på våldsroteln. Vi är här för att Alma har ju blivit utsatt för övergrepp. Vad jag nu vill veta är om ni kan tänkas veta vad detta handlar om.

Jag satt som förstummad, vad menade karln.

" Alltså vad ska det betyda, att vi är inblandade på nåt sätt, rent teoretiskt. Det var min kommentar.

" Nja det var väl inte riktigt så jag menade, men om du kan komma på nåt som hänt på senare tid som kan tänkas ha något sammanhang med det som hänt Alma."

Jag funderade på vad han menade men kunde ej förstå vad vi skulle ha med detta att göra och om jag skulle vara inblandad.

Alma avbröt det hela

" metoo", sa hon lite tyst.

jag blev stum.

" det är en kvinna som behandlat mig väldigt illa ", sa hon och tittade på mig

Per Karlsson tittade på oss med undrande blick.

" kan du berätta vad det rör sig om"

Alma tog till orda:

" *När jag började på mitt gamla jobb som socionom i Medåker var där en kvinna som förmodligen blev kär i mig och sen dess har trakasserat mig på olika sätt i olika perioder.*

" *Men Alma, detta måste ha pågått i flera år. Vi har ju varit tillsammans i nästan 15 år. Varför har du inte sagt nåt"*

" *Jag tyckte inte att det var så viktigt för det var inte så farligt. Jag kunde hantera det och ville inte oroa dig. Förlåt mig om jag gjort fel men det vara bara för att inte det skulle bli betungande för familjen. Ville hålla det utanför min trygghets sfär."*

Kriminalaren replikerade:

" Men var finns den kvinnan idag? Är hon kvar på kommunen."

" Ja"

Alltså jag trodde jag skulle bli tokig, vad menade Alma. Det här är ju fruktansvärt.

" Var det hon som kom hem till dig och slog ner dig på toaletten," frågade den andra polisen.


*" Jag varken såg eller hörde nåt för ytterdörren stod upplåst, och hen smög sig in, tyst och sa ingenting. Överraskade mig totalt bakifrån i hallen och slängde in mig på toaletten där jag slog huvudet i handfatet. Barnen sov på övervåningen hade somnat men förmodligen drömde någon och gav ljud ifrån sig och våldsförövaren blev skrämd och gav sig iväg.*

*Efter vad jag tyckte så kom Alex efter ett par minuter och jag hörde honom men kunde inte svara, all kraft var bortblåst."*

" Okey, vi har ju tagit  finger avtryck som vi ska kontrollera men det tar ett tag. Och finns hen inte i registret så blir det svårare att spåra......

Därför skulle vi vilja ta DNA på hen.

" men hur ska det gå till.  Om det är hon så blir det  ju extra allvarligt"

replikerade Alma.

" jag avviker nu och ska se vad jag kan göra. Man kan ju göra en undersökning under andra premisser så att hon inte misstänker nåt. Jag hör av mig när jag vet mer.  Tycker bara att du och barnen inte ska vara själva hemma. Ta mitt kort och hör av er om det skulle behövas."

Per gick mot korridoren och tackade för sig och gick ut genom dörren.

"      Men Alma, detta kom verkligen som en överraskning. Vi skulle ju vara öppna mot varandra. Det är så viktigt för oss."

"    ja, Alex men det här skulle jag berättat när hon hade gett upp. Jag kunde aldrig tro att det skulle kunna hända mig något så hemskt, om det nu var hon. Du får förlåta mig, men det var bara av hänsyn och inget annat."

Jag gav henne en puss på kinden och tog svärmor under armen och lämnade sjukhuset.


Alma behöll de på sjukhuset en dag till för att ta lite blodprover.

Och så var det bilen. Kunde aldrig lära mig att lägga på minnet var bilen stod, men till slut hittade vi den. Körde raka vägen hem för att förbereda lite lunch.  Vi fixade något att äta bara för att äta. Vi hade ingen direkt aptit. Svärmor var väldigt tyst vid köksbordet.

Svärmor var mest ledsen och  efter en stund gick hon hem till sitt för att vila och förbereda för kvällsmål med Matheus.

Jag gick in på kontoret och där var det ett rent kaos. Jag som hade städat och sorterat. Nu var allt i en värre röra än tidigare.

Satte på kaffet och tog kaffekoppen med till salongen och hörde att radion var på  sen imorse så jag gick för att stänga av då jag hörde nyhetsuppläsaren säga:

" En kvinna i 65-års åldern har  påträffats död i närheten av Medåker i Arboga kommun. Hon är inte identifierad men är troligtvis inte från orten. Dödsorsak okänd. Kroppen kan ha legat någon dag.  Hon hade dock ett brev i fickan på sin kappa som det stod Alex på. Om någon känner till något angående detta var vänlig att kontakta polisen i Västmanland."

Jag tappade kaffekoppen jag hade i handen och våran nya matta blev brun färgad.
Hade jag hört rätt  : ett brev som det stod Alex på.
Kan det vara min mor som var död. Jag satte mig ner i soffan och försökte tänka klart.
Jag samlade ihop mig och tog bort mattan och släpade upp den till badrummet, lade den i badkaret och fyllde på med vatten, gick ner och fyllde på nytt kaffe.

Jag måste ringa polisen, måste ringa polisen.
Försökte resa mig ur soffan men satt som fastklistrad. Om ett par timmar skulle jag hämta Irma på förskolan. Efter en halvtimme reste jag mig. Tänkte så mycket på allt som pågick så jag nästan fick huvudvärk.
Letade efter mobilen som jag hittade i jackfickan i hallen och ringde polisen.
" Västmanlands polisenhet, vad gäller ärendet?"

" En kvinna har blivit mördad och hon hade ett brev i sin ficka.

Blev avbruten med :

" Jag kopplar till kriminalavd. varsågod.

" Per Karlsson här, vad kan jag hjälpa till med?"

" Det är jag som är Alex. Ni har ett brev till mig som hittades i en död kvinnas kappficka…"

Tror jag, finns väl fler Alex men just nu verkar det som att detta är mitt."

" Kan du ge någon ledtråd om varför du tror att det är ditt"

" Nej, inte vad  jag kan komma på. Vet  ju inte vad det handlar om. Det enda är att jag skulle möta min mor igår kväll på Å-gården. Vi har inte träffats på över 30 år. Hon kom inte och då tänkte jag, Gud hjälpe mig, kanske det  är min mor. Hon heter Seida och har en syster som heter Eloni tror jag.

Det blev tyst i andra änden och det tog ett tag innan Per förstod att jag var samma person som han mött tidigare på dagen på Sjukhuset.

" Hej Alex, nu förstår jag vem du är. Jaha det var ju besynnerligt.

Berättade historien i korta drag för att på något vis bekräfta  att detta brev var till mig.

" Kan du komma in?"

" jag ska hämta barn snart så det hinner jag inte men imorgon, om det går bra på för-middagen."

" Ok jag är här hela förmiddagen."

Tog en muffins som Alma bakat samma dag hon. Orkade inte tänka längre. Slog mig ner i TV-soffan, satte på TV.n och bara lät mig själv sväva med i nåt program om att hitta hus på landet. Hade ca 45 min. på mig innan jag skulle  hämta Irma.

Tisdag idag. Det betydde att Matheus skulle gå till mormor och laga middag. Vi brukade göra så ibland för att han och mormor skulle få lite egentid. De bestämde tillsammans vad de skulle laga och sen gjorde de iordning maten till-samman och  bjöd in till middag.

Vaknade tvärt, men herregud jag hade somnat. Tittade på mobilen. Jag var försenad, visserligen bara 10 minuter men ändå.

Jag kastade mig ut i hallen och tog jackan i farten och halvsprang till Förskolan.

Mobilen tjöt i fickan men jag svarade inte. Var framme ganska snabbt och Irma var ute med de andra barnen och lekte. Hon la knappt märke till att jag kom. Jag smög mig in på förskolan för att ta hennes väska.

Når jag kom ut såg hon mig och kom springande och kastade sig i min famn.

"	Hur är det med mamma, är hon hemma?"

"	Nej hon kommer imorgon. Hon mår bra"

"	Pappa vi har varit i skogen därborta idag och plockat tussilago. Fröken hade frukt med sig som vi åt i skogen och sen läste hon en saga om skogstrollen, de vá jättekul"

" Toppen.  Nu ska vi gå hem, jag har din väska så säg hejdå till fröknarna.

Hon vände sig om och vinkade till alla och vi lunkade sakta hemåt.

Väl hemma  kikade jag på mobilen vem som ringt och det var ju min svärmor.

"   hej Freja, såg att du ringde, jag var och hämtade Irma därför svarade jag inte. Var det nåt särskilt ( visste nästan vad hon skulle säga)

"   vill bjuda på lite mat idag, går det bra?   så där vid 17-tiden."

"   Ja det tackar vi för, eller hur Irma. Mat hos mormor idag"

Hon nickade och sprang upp på sitt rum för att leka lite.


"  Pappa, varför har du stökat till på  mitt rum, jag som hade gjort så fint."

Väl uppe såg jag förödelsen. Allt var kastat, nerdraget från hyllor, tömda garderober. Det var inte Matheus som gjort detta. Jag fortsatte in i Matheus rum som var likadant.

"   Irma, rör ingenting. Någon har varit inne i huset när vi varit borta. Gå ner så ska jag ringa till polisen."

"   Per Karlsson, vem talar jag med."

"   Hej. Alex här, vi pratades vid tidigare. Jag vill anmäla ett inbrott i vårt hus."

"   Jaha, det ska göras på polisens telefon, men jag tar det nu eftersom vi har ett ärende. Ska jag skicka någon ikväll."

"   Jatack. De har varit överallt så vi kan inte ens gå och lägga oss ikväll."

"    Okey, skickar några inom en timme."
Per stängde ner nästan innan han avslutat samtalet.
Jag och Irma bestämde att vi skulle strunta i rummet just nu och gå till mormor direkt fast klockan  bara var halvfem.
Vi tog på oss kläderna och travade iväg, knackade på hos mormor och klev in. Matheus kom springande och vi fick varsin kram.
"    Är mamma kvar på sjukhuset, när kommer hon hem."
" Hon är kvar men vi ska hämta henne i morgon"

Vi gick in till svärmor i köket och hon höll på med det sista inför middagen. Matheus visade oss hur han hade gjort salladen.
" Mormor la fram alla grönsaker och sa till mig att göra en sallad och så gjorde jag en som jag ville."
Han visade oss skålen som stod på bordet och den var full med alla sorters grönsaker och äppelbitar såg jag också.
" Den ser fantastiskt god ut. Matheus. Duktig du är."
Mormor hade gjort en härlig köttgryta som serverades med råris.
Vi hjälptes åt att duka fram det sista och satte oss till bords.
Det var tyst ganska länge, alla åt, som att vi inte hade sett mat sen igår.
Efter sista tuggan ringde min mobil.
"  Vi är från polisen och har ringt på er dörrklocka.

"    Hoppsan,  Hade totalt glömt det. Jag kommer på en gång."

Sprang hem och släppte in poliserna som fick jobba själva i lugn och ro. Jag bad de gå igenom alla utrymmen, även källaren.

Gick tillbaka till svärmor och de satt kvar vid bordet och åt efterrätt. Mormors special. Youghurt/vispad grädde, jordgubbar och smulad digestive i botten.  Stått i frysen ett tag. En klar favorit.

Det var skönt att ha lite vardagskänsla liksom. God mat och familjen, Vi saknade ju Alma men vi visste ju också att hon mådde bra och var i goda händer. Vi pratade om lite av varje. Inget om det som hänt senaste tiden. Jag tror att vi orkade inte mer. Vi ville koppla av lite från allt.

Freja bjöd fixade kaffe och barnen gick in i sitt speciella rum och lekte lite. Mormor gjorde ständiga små förändringar i deras rum hos henne. Nästan varje vecka. Så Matheus och Irma tyckte det var jättekul. Hennes radhus var inte speciellt stort men bestod av två sovrum. Ett  av dem var inrett för barnen. En våningssäng och lite puffar. En liten soffa. Nu hade hon flyttat om lite, bytt gardiner och förnyat lite bords-spel.

Bokhylla full med spel, böcker och tidningar. Tidningarna var från hennes barndom. Vecko-tidningar och serietidningar. Barnen älskade  att bläddra i dom.

Min svärmor hade letat hus i Arboga trakten för att vara närmare oss. Hon bodde då i en Stockholmsförort. Jag och Alma hörde talas om radhuset i Medåker av en bekant. Vi gick på visningen och trodde att Freja skulle gilla det. Hon beställde en extra visning och kom över till oss en dag och vi gick tillsammans. Hon gillade det direkt. Där och då bestämde hon sig och flyttade in redan efter ett par månader. Och det har vi stor glädje av. Hon är inte sån som tränger sig på men hjälper till när det behövs. Vi känner att vi kan ställa upp för henne också om det skulle behövas. Hon är definitivt en del av vår familj, på alla sätt. Barnen älskar henne och springer dit ibland bara för att de gillar att vara där.

Det är ju ett stenkast från oss och därför kan ju barnen gå dit själva. Vi åt en underbar middag med Matteus sallad och potatismos som Matteus hade gjort. Han hade lagt i lite rivna morötter som Alma brukar göra.

Vi hjälpte mormor med disken och sen gick vi hem till oss för barnen skulle till skolan imorgon och klockan var ju nästan 20.

Vi gick hem ganska snabbt för det var lite kyligt i luften, vi nästan sprang.

Väl hemma så tog de av sig sina jackor och sprang upp till sina rum och jag sprang efter för att stoppa dom.

"    Ni får gå in i era rum men ni får städa lite själva."

Irmas rum var ju inte klart men hon hade sina leksaker där så hon kunde gå och hämta dem. Och garderoberna var naturligtvis fulla med

hennes kläder som någon hade kastat omkring
med lite leksaker.
De tvärstannade och tittade på mig som  jag var
nåt som katten släpat in.
” Det har varit inbrott och polisen har just varit här
när vi var hos mormor.
"  Vi vill sova hos dig, pappa." sa Matheus och så
fick det bli.Jag gick in i Matheus rum och hämtade
deras pyjamaser. De låg slängda på golvet.  Jag
tog nya pyjamaser och lade de använda i
tvättkorgen.
Gick in i badrummet  där barnen väntade.
”  Pappa du har glömt något i badkaret.”
Men javisst ja,  hade totalt glömt mattan. Tvättade
av den snabbt och la den i en stor balja, den var
fruktansvärt tung. fyllde badkaret med vatten och
de klädde av sig och hoppade i .
Jag satte mig på stolen bredvid medan de badade
för att de inte skulle dröja så länge, klockan var
mycket. Efter ca en halvtimme så var de klara
efter lite protester.
Vi lade oss alla i sängen med mig i mitten.
Jag läste en saga om Alfons Åberg, som vi gillade
mycket  De vägrade att koppla av.
Började på andra boken om Alfons och var inne
på den tredje när de äntligen somnade.
Jag smög mig upp ur sängen och gick ner i köket,
öppnade kylen tog fram en öl och drog mig in i TV-
hörnan.   Hann precis sätta mig när det ringde.
Men var fanns mobilen?  Studsade upp och irrade
omkring för att höra varifrån ljudet kom.

Jackfickan i hallen, let upp den och svarade för sent.    Tittade på mobilen, Alma. Jag ringde tillbaka.

"    Hej min käre make," hörde jag i andra änden. hennes ljuva stämma kunde göra vem som helst lugn.

"  Hur har du det, hjärtat"

"  Bra, hur mår barnen"

"  De somnade just, läste några  sagor.  Vi har ätit hos din mor ikväll , hon och Matheus lagade maten.  Det var väldigt gott"

"  oh va synd att jag inte var där."

"  Alma, måste berätta nåt. När jag kom hem från dig på förmiddagen så stod radion på, Hade glömt ett stänga av den och i och med att jag gick för att stänga av så hörde jag på nyheterna att en kvinna i 65-årsåldern hade hittats död i Västmanland. Hon kunde inte identifieras men hon hade ett brev i sin kappficka som det Alex på."

"   Men Alex vad är det du säger"

"   Vänta nu, jag blev så chockad så jag tappade kaffekoppen på vår nya matta"

"  Oj då ."

" Jag blev helt konstig, kunde inte tänka klart men till slut ringde jag upp polisen och fick prata med den där kriminal-killen som var på sjukan. Per Karlsson .Han lät lite snopen, Men han frågade om jag kunde komma upp idag men det sa jag nej till. Jag tänkte gå dit imorgon. Inte nog med det. Någon har varit i vårt hus och letat efter något och stökat till.

Jag lät bli att säga att det var lite upp o ner i vårt rum också.

"     Men Alex alltså snart orkar jag inte mer, det är för mycket, vad är det som pågår.


"     Ja jag med tycker det börjar bli för mycket. (någon som bott tidigare i huset som är målet?)
"     Alltså just nu undrar jag om det är oss de vill åt eller om det är något med huset, eller med de som bodde tidigare.
"     Okey, käre make, nu är jag så trött så jag måste sova, Älskar dig"
"     same  same  , Kram o sov gott"
"     puss o kram"
Under samtalet med Alma kom jag på att jag glömt ta ur mattan ur baljan så jag gick och tog ur den och hängde den på klädstrecket i tvättrummet. Fläcken av kaffe var borta.

Funderade på hela situationen men blev inte klokare, kände mig också trött, hade svårt att koncentrera mig.
Reste mig ur soffan, stängde av TV.n och släckte överallt och hasade mig uppför trappan in i badrummet, tvättade av mig borstade tänderna, mer blev det inte. Gick in i sovrummet o lade mig i Matheus rum och somnade omedelbart.

# Onsdag

Matheus väckte mig och det var inte ljust än.
Sträckte mig efter mobilen 5.43.
" Pappa, var är mamma, han snyftade till lite.
Jag tog honom i famnen .
" Jag ska hämta mamma idag. Sov du lite till för
klockan är inte morgon än."
Han lade sig tillrätta och somnade om.
Men jag kunde inte somna, så jag släppte sakta
greppet om Matheus så han inte skulle vakna.
Efter ett besök på toa så blev det att glida ner till
köket och sätta på kaffe.
Öppnade kylen och där fanns inte så mycket,
Hade glömt att handla mitt i allt kaos. Tog ut lite
ost , smör och nån tomat.
Bänkade mig vid köksbordet.  Jag var otroligt trött.
Ute var det forfarande mörkt. Tände ett par
levande ljus och släckte alla lampor och hämtade
kaffet. Satte mig ner vid köksbordet. Funderade
lite på allt möjligt.
Matheus som var så kaxig mest men ändå väldigt
känslig. Han var längst av alla i sin klass och såg
lite mognare ut. Sitt hår ville han inte klippa så det
var page. Kraftigt hår och cendréfärgat. Han stora

intresse var fotboll och han spelade i det lokala laget en gång i veckan. Fotbollsplan låg så nära att han cyklade dit. Jag brukade ta en promenad till fotbollsplan och titta på grabbarna.

Idag skulle jag hämta Alma, äntligen. Men först skulle barnen göras iordning och jag skulle till Perkrim och få brevet som var till Alex, mig?

Telefonen ringde, men va sjutton hade jag lagt den nu igen och vem var det som ringde så här tidigt.

Lyssnade men den tystnade innan jag hade förstått var den var. I sovrummet. Måste lösa det där med mobilen. Kan ju inte springa och leta efter den varje gång det ringer.

Surplade lite på kaffet och bredde en macka. Hörde steg i trappan och Matheus kom fram till mig och gav mig telefonen utan att säga nåt, sen gick han upp igen.

Tittade på telefonen och såg att det var Claes. Hm så tidigt på morgon……

Ringde upp och han svarade.

" Hej Alex eller godmorgon kanske. Hörde att Alma är på sjukan igen, vad är det som hänt.

" Är du hemma ett tag till"

" Ja, jag ska sent till jobbet så du kan ringa sen, före 12 för sen sticker jag."

" okey, jag hör av mig senare." och vi lade på ungefär samtidigt. Jag drack mitt kaffe framför TV.n tillsammans med nyhetsmorgon. Hade en stund att dricka mitt kaffe i lugn och ro.

Jag förlorade mig i reportage och nyheter och plötsligt kom Matheus ner, färdigklädd och talade om att klockan var halv nio....

Nu måste jag sätta fart, Matheus skulle till skolan nio idag och sen skulle jag lämna Irma på förskolan.

Jag rusade upp för trappan och där mötte jag Irma som fortfarande hade pyjamas på sig.

Som tur var hade vi kläderna i garderober utanför rummen i det lilla lekrum som låg precis när man kom upp.

Irma satte sig på sängen och dinglade med benen. Hon var den som var mest morgontrött i familjen.

" Irma , hjärtat, nu måste du klä på dig så går vi ner och äter frukost. Hon tittade på mig men sa inget bara reste sig och kom ut i hallen. Jag klädde på henne, hon ville liksom inte göra något själv. Hon såg inte ut att må så bra. Jag kände på hennes panna med mina läppar och hon var varm. Hämtade termometern från badrummet och tog tempen på Irma. 38° feber.

" Jaha Irma då får du vara hemma med mig idag för du har ju feber. Hon svarade knappt.

" har du ont i halsen?"

Hon nickade bara.

Vi gick ner tillsammans o åt lite frukost.  Irma drack mest choklad.

Ringde till svärmor som kom inom 10 min.

Matheus var klar för skolan och vi travade iväg, tysta till skolan.

Kramade Matheus innan han gick in i skolan och bedyrade honom att mamma skulle komma hem idag. Han gick in i skolan och jag promenerade sakta hemåt. Ringde till Claes

" hej Alex här. "

" vad har hänt , hörde av Oscar att Alma var på sjukhuset."

" ja det är riktigt men jag kan inte berätta allt nu. Men hon mår bra och kommer hem idag så vi kanske kan ses ikväll eller imorgon.

" Javisst det kan vi. Jag är hemma vid 19-tiden idag så jag slår en signal när jag kommit hem"

" Toppen vi hörs då, Hälsa Berit".

" Tack."

Gick förbi närbutiken och handlade.

Öppnade dörren hemma och hörde röster ifrån köket.

Klädde av mig och hängde upp ytterkläder i hallen och gick mot köket..

Aha det var Per Karlsson, kriminalaren.

Han satt vid bordet med en kopp kaffe och samtalade med min svärmor, De skrattade och hade trevligt. Irma syntes inte till men så fort hon hörde mig stack hennes lilla huvud upp från TV-soffan.

" hej pappa, jag tittar på barnprogram"

" hej hej Irma, mår du bättre nu."

" Lite, fick en glass av mormor"

Så dök hon ner i TV-soffan igen och syntes inte.

" hej Per, jag skulle ner till dig var tanken men det var ju bra att du kom hit."

"   Ja, jag hade ett annat ärende i krokarna så det var inte svårt att stanna till lite här."
Jag hälsade på Per och min svärmor serverade mig en kaffe med lite kaffebröd som Per haft med sig. Jag slog mig ner bredvid Per.

”   Ska jag lämna er nu så ni får prata”
"   nej , det behövs inte, stanna du. Om du vill kan du få fixa lite lunch som vi kan äta sen. Jag har handlat, ligger i kylen”
”   Ska se vad jag kan göra."

Per och jag drog oss till fåtöljerna i Bokdelen av salongen och han gav mig brevet. Jag tittade på det länge innan jag öppnade. Hur hennes stil var. Hur hon skrivit mitt namn.
Vågade nästan inte öppna brevet, det var igenklistrat.
”   Är det inte nån som öppnat detta”

”   Nej sa Per, vi trodde vi skulle hitta nån som förstod att detta brev var till nån ”Alex” som skulle känna igen det. Därför är jag här för att se vad som skrivs och hur vi ska ta det. Vi har tagit fingeravtryck på kuvertet  så det går bra att öppna, men originalbrevet tar jag med mig för att säkra fingeravtrycken på det.
Jag vände på kuvertet och rev upp det sakta, drog ut pappret och fann ett A-4 ark.
Läste igenom vad det stod i lugn takt, för att kunna ta in det som skrevs.

Det var ett sorgset, upprörande, förlåtande, uppriktigt brev. Hon hade skrivit det för hand.

" Jaha , då har jag läst detta men kan inte se att det har något med polisen att göra

"    Kanske inte, men med tanke på att hon förmodligen är din mor och är mördad och det har hänt en del med Alma så måste vi övertyga oss om att det inte  finns något samband.

Har du en kopiator så kanske du skulle vilja kopiera brevet och ge oss originalet så vi kan studera det under lupp som vi säger och du kan läsa igenom kopian flera gånger. Ibland kan man ju komma på nåt i efterhand när man läser. Är det Okey?"

" Ja, men det ska väl gå bra. "

Gick in på Almas  kontor som ingen varit inne i och kopierade brevet från min mor och la ner originalet i kuvertet.

" Varsågod,  men glöm inte att lämna det till mig."

Per frågade ingenting om vad som stått i brevet och jag sa inget. Han kan ju läsa det på stationen.

" Pappa , jag är hungrig"

Irma kikade upp från TV-soffan och hon var lite rödmosig i ansiktet. Måste nog ta tempen igen.

Per Karlsson tackade för sig.

Jag hämtade termometern och febern hade stigit till 39°.  Hämtade en alvedon och en liten glass. Hon lade sig ner igen och slötittade lite på TV.

Freja hade lagat mat så vi förberedde  oss för att äta lunch .

Svärmor hade dukat och jag hämtade Irma som motvilligt kom med till bordet.

Det vankades lasagne som var Irmas favoriträtt. Jag la upp en liten bit till henne och hon åt sakta upp den och det var bra. Jag gav henne lite apelsinjuice och sen gick hon o lade sig igen på soffan.

Jag dukade av och just som vi var klara ringde telefonen.

"       Hej Alex, nu kan du hämta mig, om en halvtimme är jag klar.

"    okey älskling. Jag kommer, Ska jag ta med nåt"

"      Ja ta mina svarta mjukisbyxor och den blå tjocka tröjan samt strumpor, mina Foppa tofflor och vindjackan."

"    okey, då kör jag nu så ses vi om en stund. Puss o kram"

"    Puss o kram"

"    Jaha Freja kan du stanna en stund till, ska bara hämta Alma"

"    Naturligtvis, Alex"

Jag gick upp och plockade ihop de kläder som Alma ville ha. När hon åkte in med ambulansen så fick hon ju inte mycket med sig.

Tog jackan som hängde i hallen, Letade efter Foppa tofflorna men kunde inte hitta dom så jag tog hennes gympaskor.

"    hej då Freja och Irma. Vi är tillbaka snart"

"    Hej då , kör försiktigt"

Körde ut bilen och gav mig av mot sjukhuset   i Västerås.

Det var hyfsat fint väder, lite sol mellan molnen. Inte mycket trafik så inom ca 40 minuter var jag framme. Gick in i huvudingången och tog hissen upp till avd 2 rum 4.

Där satt hon på sängen och väntade. Jag gick fram och tog henne i famn. Hon sa inget bara grät tyst. Jag gav henne kläderna och hon klädde på sig och vi lämnade sjukhuset. När vi kom ut tog hon ett djupt andetag och vi gick mot bilen.

Vi var nästan framme då jag såg en bil i ögonvrån och jag slet tag i Alma och vi kastade oss åt sidan för att komma undan medan bilen passerade i full fart.

Försökte titta på registreringsnumret men uppfattade bara AD i början men jag tror att det var en Volvo. Den var i vilket fall som helst blå.

Alma blev helt chockad och jag fick nästan släpa in henne i bilen. Vi åkte därifrån så fort vi kunde. Klockan var närmare ca ett på dagen.

Vi åkte direkt hem och jag parkerade på gatan utanför. Hjälpte Alma in i köket där Freja tog hand om henne och Irma vaknade direkt när hon hörde Almas röst. Jag ringde omedelbart till Per Karlsson, Jag hade nu hans personliga nummer så han svarade direkt.

"    Per Karlsson. vad kan jag stå till tjänst med"

"    Hej det är Alex. Har just hämtat Alma från Sjukhuset i Västerås. När vi gick på parkeringen för att gå till vår bil kom det en Volvo som försökte att köra på oss. Helt hysteriskt. Hann bara se lite av skylten AD  stod det.

” 	men Alex vad säger du, Vilken tid hände detta.”
” 	ca strax vid ett.”
” 	okey jag tar i det. Ska höra om det finns nån kamera bevakning över parkeringen. Jag hör av mig."
Vi avslutade samtalet och jag satte mig vid köksbordet där Alma redan satt och åt lasagne tillsammans med Irma som nyss kommit till sans och svärmor som såg så nöjd ut nu när Alma äntligen var hemma. Hon såg lite lustig ut i sin fina huvudbonad efter att ha blivit sydd med 10 stygn. Läkarna hade varit väldigt duktiga på att inte klippa håret. Bara lite så det inte skulle synas.
Satte mig bredvid Alma och drack en kopp kaffe och tog en bit av sockerkakan svärmor bakat. Tack för att hon finns.
Vi satt tysta och bara njöt av mat eller kaffe o kaka. Jag började fundera på brevet från min mor men sköt det åt sidan. Ska försöka läsa det igen ikväll.
” 	Alex, jag tar med mig Irma upp och vi lägger oss o vilar lite.”
” 	ja det tycker jag”
” 	mamma , tack för all hjälp, vi kan väl höras imorgon när jag är lite piggare.”
” 	Ja kära barn. Vila ni, det behöver ni. Jag ska gå hem om en stund.
De pussade varandra på kinden. Alma gick upp med Irma och svärmor gick hem till sitt. Jag följde henne till dörren och gav henne en puss på kinden.

" 	Tack kära svärmor för allt, vi är glada att du finns. Vi hörs imorgon.

Freja gick hem till sitt och jag stod kvar i dörren en stund.

Min svärmor Freja har varit min bästa vän sedan jag först träffade henne. Det är knappt femton år sedan. Hon är vacker som en blomma, kortare än Alma och har en enorm utstrålning. Hon har blivit för mig den mamma jag saknat sen jag var fem år. Har sagt till Alma att om vi skulle skiljas så får hon stå ut med mig som bonus-son till hennes mamma. Vi har en otrolig relation. Kommer ihåg en händelse innan jag och Alma gifte oss.

Jag hade varit ihop med en tjej då i ganska många år, som inte ville släppa taget. Det var en fin tjej men hon hade tagit våran separation väldig hårt. Jag försökte på alla sätt att underlätta för henne, men jag lyckades inte så bra. Min då blivande svärmor träffade Sonja (flickvännens namn) vid en tur till stan och frågade om hon fick ta en fika med henne.  Det accepterades och de fikade ihop i över en timme. Vad de pratade om var och förblir en hemlighet, men efter det blev det lugnare. Jag vet bara idag att de fortfarande har kontakt. Sonja har gift sig och har tre barn och mår perfekt. Mer än så vet jag inte men hur Freja lyckades med det är för mig en gåta. Jag är henne evigt tacksam.

Tiden gick fort och jag tog på mig jackan och gick till skolan för att möta Matheus. Han kunde väl gått hem själv men jag ville möta upp. Vi hade alltid något att prata om på vägen.

Han blev glad.

” hej pappa, är mamma hemma."

" ja Matheus, nu är mamma hemma. Hon ligger och vilar med Irma, ska vi ta en sväng till parken.”

Han tittade på mig som jag vore en främling. Det var ett tag sedan vi hade varit i parken efter fritids.

” Ja , det gör vi, den som kommer först vinner” hojtade Matheus och sprang iväg. Han vann ju naturligtvis. Han slängde av sig skolväskan och hoppade upp på en gunga.

Oscar var också där och Berit kom emot mig. Vi bänkade oss medan grabbarna lekte.

” Vad är det som hänt, Claes nämnde nåt om att Alma var på sjukhuset igen.”

” Ja det stämmer men nu är hon hemma igen.”

” Gudskelov, är hon okey?”

” ja det är okey med henne. Skulle ha ringt Claes igår men jag glömde det.”

” Ganska förståeligt. Vi finns här om ni behöver nåt.”

Jag var ganska kort i tonen utan att vilja men jag kände mig faktiskt så trött på alltihop så jag orkade inte prata om det.

” Berit, tack snälla du men om du ursäktar så orkar jag bara inte prata om detta just nu, känns som om det är för mycket som hänt liksom. Kan vi ta det vid ett senare tillfälle när det sjunkit undan lite, om du förstår vad jag menar.”

"    Ja det kan jag förstå, så hur gick det för dig med den där fototävlingen som du skulle delta i"
Hade totalt glömt bort allt om det. Hade anmält mig till en tävling som skulle äga rum om en vecka och jag hade ju inte skickat in något foto. Sista dagen är på fredag. Oj måste fixa det för det är viktigt för mig. Temat var -familjen- och jag hade tagit hur mycket foton som helst. Tur att det går att överföra digitalt tills själva utställningen ska äga rum så då kommer jag att hinna.
"    Tack Berit, hade totalt glömt bort det. Ska gå igenom det ikväll. Då får jag nåt annat att skingra tankarna med. Vilken tur att du sa det. Det är ju en del prispengar i denna tävling så synd att missa den chansen.
Vi satt tysta en stund och iakttog Matheus och Oscar som hoppade ner från gungorna och kom fram till oss.
"    Kan Matte komma hem till oss en stund och leka"
De tittade på oss med bedjande blick
"    Ja , det går bra det men sen är det hemgång för mat och läxor, okey"
" Jaa."
De hoppade och skuttade av glädje och jag sa till Berit att om drygt timme måste Matheus komma hem.
Klockan hade närmat sig 17 och vi gjorde sällskap under tystnad tills vi kom till vägskälet.

" Vi hörs om ett tag och glöm nu inte att komma hem snart. Ha det så kul, grabbar.  Hej då Berit, hälsa Claes att jag hör av mig."
" Okey, hälsa Alma "

Jag gick de sista metrarna fram till vårt hus då en kvinna passerade mig halvt springande. Det var på håret att hon hade sprungit rakt på mig. Jag vek snabbt åt sidan för att undvika en kollision. Vände mig om för att se vem det var.
Ingen från vårt område. Men tyckte att det var nåt bekant över det hela, som att jag sett henne förut. Men kan vara inbillning. Jag gick de sista stegen och tog tag i handtaget på dörren då jag plötsligt mindes någon som jag sprungit på tidigare, precis utanför oss men just då inte reflekterat nämnvärt. Nu gick det upp för mig att något var det som gjorde att känslan kom av igenkännande av denna person.
Jag skakade av mig den känslan och tänkte att nu får det bli slut på detta . Allting har gjort mig misstänksam på allt som rör sig. Det är inte klokt liksom.  Ska bli skönt att slå sig ner och bara fokusera på foton ikväll. Brevet som mor hade skrivit fick också vänta för analys. Jag behövde en "timeout".
Jag steg in i hallen och kände en underbar doft från köket. Alma stod i köket och lagade sin välkryddade och väldoftande vegetariska maträtt. Äntligen. Hon hade också städat efter oss för det blev ju inte gjort innan vi gick ut.

Hängde av mig jackan och gick direkt fram till Alma och gav henne en kram.

" Älskade Alma , äntligen är det som vanligt en stund. Har du sovit?

" Ja, Irma och jag sov som stockar tills för en halvtimme sedan. Då vaknade jag först av något ljud. Tyckte det lät som att någon försökte ta sig in. Men jag visste ju att vi nu låser ytterdörren så jag slog bort det. Men det väcktes en oro, så jag gick upp. Irma har vaknat och är uppe och leker. Vi måste göra iordning hennes rum. Vem har rivit ut allting. Jag tror också att vi måste byta lås för att känna oss trygga. Irma mår i alla fall bättre. Men var har ni varit och var är Matheus."

" Vi gick till lekparken och där träffade vi Berit o Oskar så Matheus gick hem till dom en stund för att leka. Han kommer om ca en timme. Jag har totalt glömt fototävlingen så jag ska välja ut foton till den ikväll och bara fokusera på det och er, som en helt vanlig kväll"

" Ja Alex, det låter underbart. Jag känner lycka i att bara laga maten och pyssla om ungarna och läsa saga så det blir skönt. Irma är uppe och leker, vi har städat lite och kan inte se att det fattas något. Hon mår lite bättre och har ingen feber just nu. Kan du lägga i en tvätt medan jag avslutar matlagningen."

När det var gjort gick jag in på mitt lilla kontor som jag inte varit inne i på flera dagar.

Öppnade dörren, har den alltid stängd , och fick till min fasa se att någon varit där också. Men alltså jag blev nästan gråtfärdig. Jag sa inget utan gick försiktigt in för att inte förstöra bevis, stängde dörren efter mig och ringde till Per Karlsson.

" Krim-Per Karlsson, vad gäller saken, aha är det du Alex?"

" Ja, Alltså något frustrerad, gick in på mitt lilla kontor som jag inte varit på sen i förrgår och det var upp och ner. Kollade poliserna det när de var här igår.

" Det vet jag inte, Alex men jag ska fråga och skickar ett sms om ett tag. "

" Ja , det går utmärkt, tack för det, vi hörs"

" okey" stängde telefonen och gick ut i hallen"

" Jaha, nån har varit inne på mitt rum också så Krim-Per skulle höra om poliserna undersökte kontoret när vi var hos Freja."

Matheus kom på utsatt tid och kastade av sig kläderna (som vanligt) och rusade in i köket för att krama Alma. De nästan grät båda två.

Det ringde på dörren och Matheus sprang och öppnade. Utanför stod en polisman.

" Hej Jag heter Jacko Oustock, ska ta en titt på rummet du pratade om, det tar inte så lång tid, kan jag tro. Per sa att de inte hade undersökt det i går."

Han visade sin legitimation och jag visade honom in i mitt lilla kontor och lämnade honom där.

Alma och barnen dukade tillsammans, Irma mådde lite bättre.

Vi åt   pumpa soppa med riskakor. Sen blev det bananpannkakor som ungarna älskade.

Vi samtalade om allt möjligt utom allt det tråkiga som hänt.

Matheus hade varit på en liten utflykt med skolan till biblioteket  i Arboga.

Där hade de lyssnat på  en berättelse om "barn som kom från ett annat land" som Matheus uttryckte det hela.

De hade lite mackor  och frukt med sig o.dyl. som de fick förtära där på plats.

"   det va´jättekul. Vi lånade böcker till skolan som vi ska läsa sen."

Irma åt inte mycket och drog sig från bordet ganska snabbt och la sig på soffan vid TV-n.

"   nu är jag klar i ditt rum" sa polisen

Alltså hela familjen hoppade till. Hade totalt glömt bort att det var en polis i mitt rum.

Vi skrattade allihop.

"    Hittade du nåt som inte verkade normalt."

"    Jag hittade inget särskilt utan jag tog bara lite fingeravtryck, så vi återkommer när vi vet mer."

"    Vill du ha lite mat så finns det kvar"

"    Nej tack bussigt men jag slutar mitt skift nu och ska hem till familjen och äta."

"     Okey, tack ska du ha."

"     Hej då", sa polisen och tog på sig rocken och gick ut genom dörren.

Idag var en speciell dag, hela familjen var samlad efter nästan en vecka med än det ena och än det andra.

Alma hade gjort en mousse åt oss, byggd på Advocado och kakao m.m

Den älskade alla så det blev på med lite kaffe och efterrätten följde med in i soffan hos  Irma  (Hon hade ju visserligen somnat) och vi bara glodde på TV : Mandelmann som alla gillade, och åt  våran mousse och Alma och jag njöt av en god kopp kaffe i lugn och ro.

Kvällen gick fort och jag skulle ju fixa lite med mina foton men rummet var ju upp och ner.  Det fick vänta till imorgon.

TV-programmet var slut. Alma tog barnen och gick upp och la dem. Jag dukade av, fyllde diskmaskinen, drog mig tillbaka till TV-soffan och kände ett välbehag infinna sig. Äntligen en normal tillvaro. Alma lyste med sin frånvaro och hade förmodligen somnat med barnen. Jag slötittade på TV med en kaffe i handen. Sen blev det godnatt.

# Torsdag

Jag vaknade vid sex-tiden. Steg upp och smög mig ner till köket och gjorde mig en espresso. Vi har en espressomaskin som vi använder ibland men mest blir det faktiskt att bryggarn sätts på.
Tog mitt kaffe med mig till mitt kontor och satte mig vid skrivbordet och iakttog förödelsen.
Foton i princip utspridda över hela rummet. Det låg någon slags ilska i det hela.
Allt var kastat omkring, med kraft kunde man tro. Med en bestämdhet  som att förgöra.  Ville nån säga mig något.
Tog några foton på situationen.
Lutade mig tillbaka i stolen och funderade på min mors brev.  Hade ju inte ägnat mig så mycket åt det.
Drog ut översta byrålådan där jag lagt det och letade men där fanns det inte.
Hade jag lagt det någon annanstans. Det var ju mycket som hänt den senaste tiden så jag hade väl inte varit alltför fokuserad på det jag gjorde.
Men ett var nog  ….hm….. säkert och det var att jag lagt det i lådan.

Tur att Krim tog originalet. Säkrare hos polisen. Sökte igenom samtliga lådor och skåp i rummet men hittade inget brev.

Det var bara en evig röra överallt så jag bestämde mig för att börja rensa i röran.   Jag är ju inte precis systematisk men någon ordning i o-ordningen har jag. Började så smått att plocka upp allt som låg på golvet och la det på skåpbänken mittemot skrivbordet.

Plockade och plockade tills åtminstone golvet var rent från foton och papper.

Sen började själva sorteringen och jag började med pärmarna i hyllan och de var intakta. Sorterade i skåp och lådor och började ägna mig åt skåpbänk och skrivbord.

" pappa  (jag hoppade till, hade inte hört dörren öppnas) får jag sitta i ditt knä, mamma sover " sa Irma

" Klart att du får det, kom. Vill du ha lite frukost"

Jag tittade på klockan som redan var  drygt 7 så jag avslutade det jag höll på med och Irma och jag gick ut i köket och gjorde frukost tillsammans.

Vi hade just satt oss då Matheus kom ner för trappan, påklädd och fin med ryggsäcken hängande över axeln. Jag tyckte han vuxit på sistone, mina lilla, stora  grabb.

Han hade blivit så duktig , varje morgon tvättade han sig o klädde på sig och sen kom han ner för

frukost. Han hade växt till sig sen han började 6-
årsverksamheten på skolan.
" Pappa, kan jag få fil och müsli som mamma
gjorde igår."
" Javisst, det ska bli" var mitt svar.
Alma gjorde alltid egen müsli som barnen älskade.
Jag hade satt på lite bryggkaffe. Och serverade
barnen, inte mycket prat, som vanligt hos oss på
mornarna.
" Irma, hur mår du idag. Är du redo för skolan?"
" Ja vet inte, vill vara med mamma."
Jag tog tempen på Irma och hon hade över 37
grader så hon behövde nog vara hemma idag.

Hörde ett svagt tassande och tittade upp och såg
Alma komma ner för trappan. Vilken härlig syn,
bara att se henne precis som vanligt, lite
sömndrucken och håret såg ut som hon hade stått
på huvudet och sovit.
" Go´morron familjen"
" Åh mamma ", sa Irma o Matheus i mun på
varandra och tog emot henne med en stor kram.
Irma såg inte så pigg ut, men ändå lite bättre än
igår. Det var en vanlig morgon som jag
uppskattade så mycket efter allt som hänt och på
nåt vis fortfarande händer.
Jag reste mig och fyllde på en kopp kaffe till Alma.
Hon dricker en kopp kaffe på morgonen och tar
några digestive kex, det är hennes frukost. Hon
har kommit på att det funkar för henne.  Sen blir
det en banan vid 10-tiden och lunch vid 12-tiden.

Huvudmålet för henne. Då mår hon bra. Har nåt med blodsockret att göra. Så då får det bli så.

" Jaha nu måste vi göra oss iordning för att gå till skolan"

Matheus tittade på Alma som hon var en vålnad men efter en stund fick jag fråga:

" pappa, följer du med mig då till skolan?"

" javisst , vi går upp och borstar tänderna"

" Men pappa" skrattade Matteus; " du har ju pyjamas på dig, ha ha ha ska du gå ut så till skolan ha ha ha…"

" Ha ha, nej jag kanske ska byta va, eller hur? men har du borstat tänderna."

" nej det har jag glömt"

Han slängde av sig skolväskan och vi rusade upp för trappan under hysterisk skrattande.

När jag kom ner i köket så stod där Matheus och väntade på mig småleende.

" Jag vann, " sa han och strålade med hela ansiktet.

" Väskan?"

" Hänger på ryggen"

Alma och Irma satt kvar vid bordet och kastade slängkyssar när jag och Matheus gav oss iväg. Jag älskade detta. Vi fyra, tillsammans.

Alma hällde upp mer kaffe till sig och sa:

" Mormor ringde igår, glömde jag att säga, vi är bjudna på middag ikväll, vad säger ni om det"

" Ja. " ropade alla med en mun inklusive mig.

Jag återvände hem och Alma var kvar vid köksbordet men Irma hade gått till mormor. De skulle åka till Ikea en sväng och handla.

Jag och Alma tittade på varandra, rusade upp i sovrummet och ägnade oss åt varandra en lång stund.
Det blev en riktigt lång stund och vi kom till sans när det ringde på dörren några timmar senare. Vi for upp som skjutna ur en kanon. Slängde på mig mys brallorna och en tröja medan Alma gick in i duschen.
Jag öppnade för Irma och svärmor. Irma såg alldeles lycksalig ut med ett nytt påslakanet under armen.
"    Pappa, det ska jag ha när mitt rum är klart."
"    Men så fint. Vi ska sätta lite fart med inredningen snart. Jag tror att golvet blir klart denna vecka. Sen köper vi färg och börjar måla"
Irma strålade av lycka och sprang upp med sitt påslakan.
Freja, vill du äta en lätt lunch med oss."
Hon sa att de redan hade ätit en macka och fikat på IKEA.
Alma lagade en riktig lunch och sen gick hon upp och lade sig tillsammans med Irma och de sov till Matheus kom hem.
Jag fortsattes att städa skåpbänken och hittade papperet från advokaten  Jacob Andersson som jag helt glömt bort.

Släkten i Grekland.!!!!

Läste igenom det och såg att jag måste kontakta honom så fort som möjligt. Hade totalt glömt bort det också.

Satte upp en lapp på min anslagstavla som hängde vid sidan av skrivbordet och att det måste göras under morgondagen. Mitt skrivbord stod mot fönstret då utsikten var perfekt i min mening.

Jag fortsatte med sortering tills Alma kom in med en bricka.

"  Välkommen Alma, har du sovit gott."

"  Ja, verkligen och Irma sover fortfarande. Det var många som ringde igår och bokade tid framöver, så imorgon ska jag börja jobba. Har bokat några massage och ett antal  möten och sen ska vi se hur det går att göra om nere i källaren som jag nu vill döpa till Alma´s SPA."

Hon hade gjort en underbar banankaka  som serverades med lite glass.

"  Det låter bra, Alma. Ska bli riktigt roligt att se hur det kommer att växa fram.

Kaffe fanns också på brickan och vi satt på mitt rum och småpratade lite när Alma fick se ett foto på väggen.

" Vem är det där på fotot." Hon pekade snett över mitt huvud.

" Den kvinnan är min mor som ung. Varför undrar du det?)

" Jag tyckte bara att hon var lik någon men."

Alma gick upp på sitt kontor för att jobba lite. Glömmer tid och rum. Började sortera foton som jag tagit samman-hängande i mars månad på familjen i olika situationer. Jag satt kvar och vid 14-tiden hade jag faktiskt fått lite kontroll på röran och kunde börja planera för foto-tävlingen.

Hade bestämt mig att det skulle vara oklara, svartvita-grådisiga bilder på hela mitt bidrag. En aning av diffust och att var och en skulle tolka det på sitt sätt. Jag hade ju dragit fram bilder som jag nu lagt i en hög. 20 bilder fick man ställa ut. Jag hade valt 30 stycken som jag nu skulle granska.

Jag tog ett och ett och gick igenom för att få fram de som jag ville ställa ut. Hade ett foto i handen som jag inte förstod riktigt.

Hade tagit det när vi var i Arboga på ICA och handlade. I bakgrunden står en kvinna som iakttar Alma. Hon finns även på ett tidigare foto som jag precis valt ut, därför reagerade jag eftersom det var samma kvinna. På det föregående fotot syns hon när vi var i parken med barnen. Hon står snett bakom Alma och tittar på henne med stirrig blick. Jag lägger det åt sidan och fortsätter sorteringen till fotoutställningen.

Det sista fotot drar till sig min uppmärksamhet extra noga. Kvinnan igen.

nu är det utanför vårt fönster hemma när jag fotar inomhus. Hon syns stående utanför och tittar in i vårt hus!!!

Jag nästan rös av obehag när dörren öppnas och Alma kommer in. Jag döljer fotografierna.

Alma kommer fram till mig och kysser mig i nacken.

"    Vad är klockan."

"    Sådär en halvtre, jag har faktiskt varit ute och handlat medan du har varit här på kontoret"

" Men jag har inte ens hört att du gått ut"

Vi drog oss in till soffan och satte oss  och Alma berättade att hon hade jobbat lite. Hon var ju massör och dessutom matskribent på en tidning och som tur var så hade hon skrivit en artikel redan innan allt hänt.

Hon  hade just läst igenom den för att  i övermorgon skulle den publiceras.

Hon bokade också in några massagetider på det SPA som hon hyrde in sig i.

Hennes dröm var att hon ska göra iordning källaren till en SPA-enhet med olika aktiviteter.

Jag behövde lite frisk luft och bestämde mig för att möta Matheus.   Det var härligt friskt ute, inte väldigt kallt men skönt att andas in. När jag kom till korsningen så kom den kvinnan gående.

Hon såg mig inte och jag slet fram mobilen och tog några foton. Hon märkte det inte när hon försvann åt motsatt håll…..

Jag var snabbt framme vid skolan och barnen var ute idag och lekte på skolgården så Matheus gick in och hämtade väskan och så gick vi hemåt. Vi mötte Alma och Irma vid vägdelningen och vi bestämde att vi skulle gå till lekparken en stund. Irma kände sig bättre och ville gärna leka ute en stund. Vi var bjudna på middag hos mormor så vi kunde tillbringa en stund i parken. Jag sa ingenting om den mystiska kvinnan.

Oscar och Ebba var redan där med deras mamma Berit. Hon blev jätteglad att se Alma
" Men Alma va kul att se dig." Hon gav Alma en jättekram.
" Hur mår du? Du ser pigg ut men hur känns det?"
" Jodå, jag mår bra trots allt och hoppas att detta är ett avslutat kapitel, för jobbigt har det varit."
Hon skulle bara veta vad som händer i kulisserna, tänkte jag.
" Kan vi ses i helgen kanske, grilla det som aldrig blev av, eller?"
" Ja tack det vore härligt. Det ska ju bli fint väder och vi ska bara koppla av efter allt som varit, förutom Alex som har sitt vernissage på lördag men på kvällen är vi lediga så det skulle vara väldigt roligt. Vad tycker ni?"
" Ja det bestämmer vi och så hörs vi närmare."
Vi  stannade drygt 1 timme och barnen lekte och vi pratade lite om vad som helst och på slutet kom också Claes och gjorde oss sällskap. Han hade lagat mat så han kom för att hämta resten av familjen.
Så vi gick tillsammans hemåt och skildes åt utanför mormor där vi var bjudna på middag. Jag var vrålhungrig, hade inte ätit på hela dagen. Tänkte mycket på brevet som var till mig. Min mor, eller?
Vi knackade på dörren hos mormor och hon öppnade med ett leende. Hon tyckte säkert som vi

att det var skönt att det var över det som hänt de sista dagarna.

Barnen satte sig en stund i soffan och tittade på barnkanalen medan Alma och jag hjälpte Freja i köket.”

" Barn, nu ska vi äta”

De kom på en gång, hungriga och de älskade ju mormors mat.

"    Alla pratade i munnen på varandra. det var underbart. Maten var fantastisk och ingen mat blev över. Frusen cheesecake blev en uppskattad efterrätt och kaffet likaså.

Efter maten satte sig barnen hos mormor och lyssnade på radiosaga medan vi hjälpte till med disken. Hon hade ingen diskmaskin.

Klockan hade närmat sig kväll och det var dags att gå hem och läsa saga, och kanske att barnen behövde en dusch.

Vi tackade för oss och gick. Skönt det att det var så nära. De skickades direkt upp för dusch och tandborstning. När allt det praktiska var klart så dög inte jag den kvällen.

” mamma ska läsa saga”  sa de i mun på varandra.

” okey”

Jag gick ner och bad Alma gå upp för att läsa saga och det tyckte hon var en bra idé.

Jag själv gick in på mitt arbetsrum och stängde dörren. Tog fram mobilen och tittade ordentligt på bilderna jag tagit av kvinnan när vi skulle hämta barnen.  Zoomade in så mycket det gick och fick nästan en chock.

Alma öppnade dörren och berättade att barnen sov och hon skulle kolla lite sin artikel för tidningen. Hon stängde dörren och jag  fortsatte att titta på kvinnan på bilderna.

Jag studerade alla foton med förstoringsglas och såg en kvinna i femtio-årsåldern som jag inte visste vem det var men som jag sett där, i bilen på parkeringen, vid korsningen, utanför fönstret.

Vem var hon?

Nånstans tyckte jag att jag sett henne  i nåt annat sammanhang. Måste på något vis ta reda på det.

Jag släppte fokus på det och ägnade mig åt fotografier som jag skulle ha till utställningen. Jag sorterade och valde, sorterade igen och till slut hade jag valt ut de 20 som jag skulle använda på utställningen.  Ramar hade jag köpt redan då jag anmälde mig till utställningen.  Röda ramar, gjorde sig bra mot de grådisiga.

Skulle vara på biblioteket vid tio-tiden på lördagen så det var ingen panik.  Jag tog  kontakt med galleriet om hur mycket plats jag skulle ha.  Skrev lite om evenemanget på sociala medier osv.

Klockan hade blivit över midnatt och jag la allt åt sidan och lämnade rummet. Gick upp till Almas arbetsrum men där var hon inte. Efter allt som hänt så känner jag en viss olust när jag inte vet var hon är. Hittade henne i vårt sovrum sovande med  Irma.

Jag tog en dusch och lade mig i Irmas säng. Men efter en stund kom Alma in och sa att hon ville ha hjälp att bära in Irma till hennes säng. Ordningen var återställd och dubbelsängen var vår och Alma kom närmare mig och det kändes så skönt, detta normala liv. Jag somnade ganska snabbt med armarna om Alma.

# Fredag

Jag vaknade tidigt och Alma var inte vid min sida. Fick den där känslan igen tills jag kände doften av kaffet slingra sig upp för trappan.

In kom Alma med kaffebrickan. Alltså.

Almas frukostbricka bestod av avokado, smoothie, riskakor, lite paprika samt lite kalkonskivor, yoghurt med hemlagad müsli och kaffe till mig.

Vi hade just intagit vår yoghurt när vi hörde tassande steg i allrummet.

Irma, nyvaken med sin dinosaurie under armen, kröp upp i sängen och började knapra på en riskaka. Hon sa ingenting, bara lutade sig mot Alma och åt.

Vi njöt av frukosten tillsammans men runt kvart över sju var vi nödsagade att stiga upp. Alma hjälpte Irma med kläder och jag väckte Matheus innan jag tog brickan och gick ner i köket.

Ställde fram lite frukost till barnen och fyllde på lite mer kaffe i min mugg.

När alla var klara tog Alma barnen till skola och förskola och jag kunde ägna mig åt mina foton.

Tog fram fotona som jag hade på kvinnan och tänkte att jag måste nog fråga Alma om hon kände igen henne. Frustrerande.

Och sen brevet som var borta. Nu hade jag gått igenom allt och det fanns bara inte.

Jag slog en signal till Per Karlsson.  Han svarade direkt.

" Godmorgon Alex.  Något nytt?

" ja det kan man säga, brevet är borta, kopian som jag hade är borta. Jag har ingen lust att forska i det men kan du maila mig en kopia på originalet så jag kan läsa det?"

" Ja det  ska jag göra på en gång. Hör  av dig om du kommer på nåt."

" Det var nåt annat jag ville säga."

" Okej, vi hörs"

Han la på luren utan att höra vad jag hade att säga ytterligare, kanske han inte hörde det sista. Jag återgick till mina foton. Brevet kom efter en stund.

" Alex, Alma ropade från hallen.

" Ja," sa jag , reste mig och gick ut i hallen.

" Alex jag tycker att du måste åka till Kreta snart så vi kan åka dit och bo där på sommaren. Skulle vara en nystart. Barn anpassar sig fort.

Jag blev nästan stum, vadan detta, lite skärrad verkade hon men vad hade hänt. Var det liksom så akut??

" Ja men Alma, det är klart att vi måste fundera över saken."

Och jag hade ju faktiskt glömt bort det också, som allt annat just nu.  Brevet från min mor, kvinnan på foton, inbrotten, Advokaten om Kreta.

Det var för mycket att hålla reda på.

" 	Jag tror att jag beställer en resa till nästa söndag och åker ner direkt så vi får det ur världen. Men vi flyttar inte dit nu utan vi kan ha verksamhet kanske där om det finns möjligheter  Blir det bra."
" 	Ja det låter bra, det är ju nåt positivt som är roligt och jag tycker vi behöver det nu, med alla konstiga saker som händer."
Alma drog sig upp till sitt rum och jag stängde in mig igen för att förbereda för utställningen på biblioteket i Arboga.
Ringde några samtal till mina konstnärskolleger och språkade lite och vi kom överens om att inta middag tillsammans på någon närliggande restaurang denna  kväll.
Jag  bokade på Å-Gården som var nära och hade bra mat.
Bokade  en resa till Kreta. Turistsäsongen var inte igång så det blev lite mellanlandning i Aten, men flygtiderna var bra. Jag skulle flyga nästa  söndag. Löste ingen retur då jag inte visste hur lång tid det skulle ta att ordna med allt i Grekland.
Den kommande  veckan måste jag alltså ordna med  personbevis som talar om var jag bor och är bokförd. Mor o fars namn. Alma ropade på mig och vi åt en snabb lunch. Hon hade just anmält sig till ett webbinarie så hon åt och gick in till sig direkt. Jag dukade av, fyllde disk-maskinen och gick in till mitt. Studerade de  foton jag hade tagit på kvinnan som hela tiden var i vägen för oss.
Alma   kallade på min uppmärksamhet igen och hade fixat kaffe och serverat det  vid soffbordet.

Vi slog oss ner och pratade om lite av varje sen sa hon att hon skulle hämta barnen.  Det var kort dag idag. Tiden gick så fort.

Kaffet smakade underbart och jag lutade mig tillbaka i soffan och somnade och vaknade av att Alma och  barnen kom hem.

Fredag eftermiddag.  Det var april, solen bröt igenom, familjen var samlad och barnen lekte i sitt lekrum en trappa upp. Jag och Alma tog ett glas vin på vår halvfärdiga altan. Vi såg faktiskt solnedgången i horisonten. Imorgon skulle det bli fint  och vi  skulle gå till grannen och grilla på lördag.  Det som inte blev av förra helgen.

Kände mig lugn i sinnet och  såg fram emot en lugn helg med nära o kära.

"    Pappa kan du komma upp en stund"  Matheus ropade från lekrummet.

"   Ja vad är det?

"   Titta vad jag hittade på golvet i mitt rum, under sängen."

Jag tog upp den och såg att det var en nyckel och tittade på den och förstod inte riktigt, men Matheus förklarade:

"    kommer du ihåg när vi var i parken och jag fick en lapp av en gammal tant?"

"   Ja visst"

"     Med lappen var den där nyckeln men den ramlade ur pappret så  jag sa inget för jag trodde jag tappat den."

"     Jaha det var bra att du hittade den, Tack Matheus"


165

Jag höll nyckeln hårt i handen och gick in på mitt rum och la den i översta lådan i mitt skrivbord. En liten nyckel som passar till nån postlåda? Var det den som någon letat efter. Någon som sökt igenom våra rum.

Det var min tur att laga mat idag och jag hade valt att göra köttfärssås, kan ju tyckas vara lite banalt men det var längesedan vi hade ätit det.

" Ja ha skrattade Alma , kanske förra fredagen, hi hi hi."

" ja men det var ju ett tag sen. Det är ju gott.."

" Okey, jag går och fixar lite däruppe, klädvård du vet.

Jag satt igång med köttfärssåsen som jag gärna gör lite kryddig, med chili.

Lätt den puttra i minst 30 min. Under tiden tog jag en dusch och bytte kläder.

Gjorde en trikolor sallad, satte på vatten för de färska nudlarna och dukade lite fredags fint.

Ställde fram en flaska rött.

" Alma , Matteus och Irma , kom och ät."

Fick inget svar.

" Alma var är ni ?"

Igen den där obehagskänslan.

Inget svar, började irra runt i huset uppe och nere, sen hör jag några röster utanför och ser Alma med barnen utanför med blommor som de plockat.

Jag trodde jag skulle dö.

De kom fram med blommorna till mig och jag satte dom i en vas och ställde på bordet.

" jag vill ha först , " skrek Irma..

166

"    jag med , tyckte Matteus."
"  Okey"
Jag tog deras tallrikar och hällde upp mat samtidigt till båda.
De tjöt av skratt när de såg hur jag spillde utanför när jag skulle balansera tallrikarna och lägga upp mat på båda samtidigt, men de var nöjda.
Jag gjorde dem sällskap men åt inte så mycket. Skulle på middag på Å-gården.
Barnen blev lite otåliga men de fick inte gå ifrån bordet. Jag hade en överraskning. Jag dukade av och smög lite i köket med en glasstårta och satte dit några tomtebloss och tände på.
Wow utropade alla och undrade vad det var vi firade.
"     Vi firar idag att vi är tillsammans. Det är det bästa jag vet."
"     Jaaaaa, men nu är vi jätte sugna så snälla pappa lägg upp till oss."
Vi njöt av den goda glassen och sen dukade vi av tillsammans och barnen gick till sitt. Jag plockade ihop mina tavlor och gick ut till bilen och la dem i bakluckan, Ville vara klar och slippa stressa imorgon. Sen klädde jag mig för att gå ut och träffa mina konstnärs polare."
Gav Alma en puss på kunden, sa godnatt till barnen och gick iväg. Åkte sakta genom Medåker mot Arboga och det var inta många fordon på vägen. Jag älskade Arboga som stad men det var folkbrist. Inga människor ute, en döende stad, men ändå inte. En stad med mycket kultur, teater

167

och film. Egen musikskola, gymnasium och nära till Örebro med universitet. Simhall och Folkpark, medeltidsdagar, marknader m.m.

En stad med skog inpå knuten, öppna landskap och ån som flöt genom staden. Denna stad som härrör från tolvhundra-talet

Jag var först på Å-gården. Bordet var dukat för 6 personer och jag slog mig ner och beställde en alkoholfri öl. Körde bil.

De övriga kom tillsammans inom en kvart och vi beställde mat.

Kvällen ägnades åt en uppdatering av var vi befann oss just nu. På den konstnärliga banan. Vi brukar ses sex gånger om året. Alla var inte från Arboga så vi besökte varandras närområden för dessa träffar. Alla bodde inom Västmanland. Jag upplevde dessa som en tillgång och inspiration för nytänkande. Åldern i gruppen var från trettio och upp till den äldste som var sjuttio år. Den bestod av tre kvinnor och fyra män från och med nu. En kvinna hade tagit plats i gruppen som jag inte kunde placera. En ung kvinna runt fyrtio år. Det verkade något bekant över henne men under kvällens gång så försvann den liknelsen och förmodligen var hon lik någon jag hade träffat för längesen. Vi bröt strax efter midnatt och jag åkte direkt hem till Alma.

Hon satt framför TV:n med ett glas vin. Jag hällde upp åt mig och satte mig jämte henne.

 Alex, orkar du med att prata lite innan vi går till sängs."

"    Javisst, är det något särskilt du tänker på."

"    Det där som hände sista gången då jag hamnade på sjukhuset, det var ganska obehagligt. Jag satt liksom och halvslumrade framför TV, tittandes på en film som tog större delen av min uppmärksamhet. Barnen hade somnat och jag var så in i det att jag inte hörde att det kommit in nån i hallen.
Jag reste mig för att gå på toaletten och då hörde jag inget. Helt plötsligt slås dörren upp och in kommer en kvinna."

"    Men, Alma, det har du inte nämnt."

"    *Jasså, jaha men så var det och hon hade ansiktet skymt av en stor sjal, men jag förstod att det var en kvinna. Hon var ganska stor och kraftig och jag tror att jag vet vem det är.*"
*(jag tänkte på den kvinna som jag stött på här och där, ganska stor och kraftig)*

"    jaha och vem var det då?"

"    *Det är en kvinna som har förföljt mig genom åren på olika sätt och i olika perioder. Hon har ett öga till mig sen vi arbetade ihop på samma ställe. I Stockholm. Jag hade precis tagit min examen och fått anställning på kommunen inom skol-hälsovården.* "

"    men kära Alma, förlåt att jag avbryter men vi har känt varandra i ganska många år och detta är nytt för mig. Hur i allsin dagar har du lyckats hålla detta utanför vår sfär. Jag har ju inte märkt nånting. Har jag varit blind o döv eller."

" Nejdå Alex, låt mig bara fortsätta så kanske du förstår, är det okey

*Vi var ett litet gäng där på fem personer. Tre tjejer o två killar. Två kollegor var där sen flera år tillbaka och jag och grabbarna var nya.*

*kvinnorna var 25 och 40 år.*

*jag var 24 och grabbarna 24-30 år.*

*Vi besökte skolor och vägde och mätte barn och vi jobbade bra ihop. Vi växlade pass så vi jobbade ihop oss allihop. Vi var ett bra team.*

*Men sen hände det som inte får hända. En av kvinnorna blev kär i mig!*

*Alltså det var väl okey med hon accepterade inte att jag inte är lagd åt det hållet. Innan jag förstod det så var vi förtroliga. Vi träffades och gick ut och åt ibland. Vi shoppade och fnissade och hade roligt i största allmänhet, fast hon var ca 40 år så hade vi mycket gemensamt. Vi pratade lite om bl.a tvåsamhet men hon sa bara att hon hade haft relationer men inte direkt allvarliga. Hon hade inga barn. Vi var bjudna på fest en kväll hos en av kollegerna på jobbet. Hans fru skulle ha en release fest för en bok hon gett ut och vi skulle gå dit. Inte bara vi utan alla på avdelningen på kommunen. Sammanlagt ca tio personer.*

*Jag blev ju då stört förälskad i en av cheferna från vårt kontor. Hade inte träffat honom tidigare bara sett honom i korridorerna på kommun.*

*Framåt kvällen när vi alla hade ätit kommer då denna chef fram till mig och undrar om jag vill hänga med på en nattklubb. Det var ett gäng som skulle med. Jag informerade då min kvinnliga kollega om att jag skulle gå vidare med ett gäng men då blev det inte roligt. Hon tog mig åt sidan i ett angränsande rum och skällde ut mig efter noter.*

*Beskyllde mig för att vara "otrogen". Alltså jag fick en chock. Hon hade trott att vi var ett par!*

*Hon tafsade på mig överallt och det blev nästan som en våldtäkt innan nån knackade på dörren och hon öppnade och sa att jag hade varit lite snurrig i huvudet så hon hade tagit mig dit för att vila. Och att vi skulle komma om en stund. Vem som knackade vet jag inte men jag började bli lite rädd. Hon återvände till mig o slängde ner mig på sängen och slet av mig byxorna och började penetrera mig. Jag försökte streta emot men hon var stark. Hon höll på tills hon själv blev tillfredsställd och sen lugnade hon ner sig och jag kunde resa mig upp. Hon sa att om jag sa något till någon så skulle hon se till att inte en karl tittade åt mitt håll någonsin. "*

" men älskade Alma" Jag kramade om henne och vaggade henne fram o tillbaka för nu var hon upprörd.

Vi satt en stund och smuttade på vårt vin och tystnaden var total. Alma grät tyst och jag höll om henne. Jag var chockad.

" Alma, ska vi gå upp och försöka sova."

Hon svarade inte och vi satt kvar en stund och drack upp vinet. Jag ställde frågan:

" Men vad hände sen?"

171

*" Jag rättade till min klädsel och vi gick ut ur rummet och som om inget hade hänt. Kom ut i release rummet och såg då att mitt sällskap hade avvikit.*

*Det var skönt för jag ville bara åka hem.*

*Hon vakade över mig hela tiden så jag sa att jag måste gå in på toa. Jag smet in och där grät jag som ett litet barn, kunde knappt sluta. Till slut knackade Hon på dörren. Jag öppnade inte men hon viskade att jag skulle öppna. Jag väntade en stund och så hörde jag att hon gick iväg med någon som pockat på hennes uppmärksamhet. Jag öppnade försiktigt dörren och gick mot utgången och tog mig ut på gatan. Tur att det var sommar så det inte behövdes andra kläder. Min väska var kvar men jag räknade med att någon skulle hitta den. Jag promenerade längs vägen en stund tills jag kom på att chefen, han hette Leif, från kommunen hade nämnt nattklubbens namn så jag gick dit. Den var en bit bort men jag hade inga pengar, ingen mobil och inge SL-kort.*

*Jag tog en promenad och efter en halvtimme var jag framme.*

*Jag hittade Leif i baren och sa att jag tappat min telefon. Han gav mig sin och jag ringde till Gerdan som var min kollega. Bad henne leta efter min väska och om hon kunde ge mig den när hon skulle hem. Vi bestämde en tid och jag gav tillbaka telefonen och han tog min hand och undrade om vi kunde ses en annan dag. Han fick mitt telefonnr och jag sa att jag var tvungen att ta mig hemåt av privata skäl.*

*Jag gick i en timme ungefär och det var ganska skönt att rensa tankarna ett tag. Träffade Gerdan utanför ICA-butiken som låg en kort bit hemifrån. Hon gav mig väskan. Vi kallpratade en stund men hon var också trött och ville hem.*

*" Det har ringt på din mobil nästan hela tiden" sa hon.*

*" Okey Tack snälla, vi ses imorgon, godnatt."*

*Jag gick åt mitt håll och Gerdan åt sitt. Vi bodde båda lite utanför stan  åt olika håll men inte långt från varandra.*

*Jag öppnade väskan och mobilen ringde. Tog upp den men svarade inte.*

*Tittade på skärmen och såg att 40 samtal kommit från henne och 12 meddelanden.*

*Jag stoppade ner den i väskan igen och fortsatte hemåt. Var hemma runt midnatt och slog mig ner i favorit fåtöljen och grät lite till och tänkte att, har detta verkligen hänt.*

*Funderade hur jag skulle ta mig till jobbet nästa dag..*

*Jag öppnade meddelande och det var bara hot och sexuella anspelningar. Det ena värre än det andra. Jag stängde av telefonen och tog en lång dusch, drack ett glas mjölk och bäddade ner mig i sängen. Först hade jag kollat dörren att den var ordentligt låst. Det brukar jag aldrig göra.*

*Ringde mig sjuk dagen efter. Ville få lite perspektiv på det hela. Skulle jag gå tillbaka och jobba, vad skulle hända då.*

*Somnade om efter att väckarklockan ringt och sov till sen förmiddag. Brukar jag heller aldrig göra.*

*Funderade hela dagen för att till slut bestämma att jag skulle gå till jobbet.*

*Gick nästa dag som vanligt och allt var precis som innan. Väninnan/kollegan  var som alltid lika snäll och hon skojade som om inget hade hänt.*

*Men så fort hon fick chansen så blev det nyp, trakasserier och sexuella påhopp."* Hon heter Sofia Bergström.

"    Alma, klockan är närmare ett , ska vi kanske gå och lägga oss och fortsätta imorgon?"

"   ja Alex  det tycker jag verkligen. Detta är ju hur tröttsamt som helst.

Vi dukade av och gick upp och gjorde iordning till natten. Vi la oss tätt, tätt och somnade så.

# Lördag

” Mamma, vi är hungriga” hörde jag två barn skrika.

Klockan var närmare nio. Irma kom in till oss och jag steg upp och lät Alma sova. Hon hade ingen massage idag.

Jag gjorde iordning frukost satt på kaffe. Ingen var speciellt pratsjuk.

" Hur mår ni, ungar."

Inget svar så jag lät det vara. De kanske inte ville prata. De åt och försvann in till soffan och TV.n.

Alma smög sig ner för trappan. Hon såg lite sliten ut. Hon mådde nog inte så bra av att dessa minnen kommit upp till ytan. Hela familjen drog sig till TV-soffan och barnen program. Vi satt allihop i soffan och det kändes väldigt tryggt. Alma såg ut att må lite bättre.

Alltså barnen hade valt filmen Pippi Långstrump på de sju haven.

Ja det var bara att gilla läget.

Lördagmorgon, det är så skönt att bara slippa vardagen. Göra nåt annat eller bara vara. Jag skulle ha utställning idag och Alma o barnen kommer att komma dit med matsäck framåt eftermiddagen. Jag tar mina bilder m.m och sticker iväg medan barnen och Alma hänger kvar framför TV:n.

Väl utanför huset så står en bil parkerad, för mig okänd och när jag kommer ut på vägen stiger den där kvinnan ur bilen och tittar på mig med hat i blicken.

" Jaha godmorgon" säger jag.

Hon svarar inte och jag börjar att känna mig lite mer än obekväm.

"     Vill ni mig något eller kan jag hjälpa till med något?"

Inget svar. Hon står bara som fast frusen vid sin bil och stirrar med blanka tomma ögon. Jag ser att något rinner från hennes jacka.

Hon försöker att säga något men lyckas inte innan hon ramlar ihop utanför vår dörr. Jag tar pulsen och ropar på Alma som kommer ganska omgående.

" Ring ambulansen och ta hand om barnen"

Jag gick fram till kvinnan som var i 55-årsåldern och kände på pulsen. Hon var inte död.

Runt halsen hade hon ett halsband som jag tyckte mig känna igen.

Ambulansen kom väldigt snabbt och alla grannar också. Clas o Berit som precis var på väg ut kom fram och undrade vad som hänt.

" Berättar sen."

De skingrade lite på de andra grannarna så ambulansmännen fick jobba fritt. De gjorde de och ambulansen körde iväg. Jag gick och hämtade slangen och spolade av blodet som var det som runnit innanför hennes jacka.

Det var fruktansvärt och jag skakade i hela kroppen. Barnen måste inte se detta så jag spolade och spolade. Till slut så syntes det inte så mycket. Lite var det men det såg inte ut som blod.

Alma var inne med barnen som inte förstått situationen och jag tog bilen och körde ner till vernissagen.

" Jag hör av mig sen eller om ni har lust att komma ner en sväng på galleriet"

" okey " sa Claes.

Jag satte mig i bilen men darrade i hela kroppen. Blir snart galen men startade och körde ner till Arboga.

Mina kollegor var ju nästan färdiga med upphängningen så jag fick snabba mig. Vi hade redan planerat för lite dricka och snacks , som tur var, så det var uppdukat.

Jag placerade mina tavlor på förbokad plats och tog en stol och slog mig ner vid dörren. Nu kunde jag kanske koppla av lite. Då ringde mobilen.

Per Karlsson.

Tog några steg från dörren utåt för att få prata i lugn och ro.

" Jaha , hej Per, det här tar visst aldrig slut"

" Nej lite jobbigt för er. Kände du denna kvinna ?"

" Nej men hon har dykt upp i olika situationer."

" Som vad då"

"     En gång när vi kom hem kom hon liksom springande från vårt hus, en annan gång när vi gick till skolan med barnen så fanns hon där i en korsning,  När jag gick igenom mina foton så hade hon fastnat på ett foto som jag tagit inne, Dvs hon stod utanför huset och tittade in."

"     Jaha, men vet Alma vem det är"

"     Jag tror det men allt hände så plötsligt, har inte pratat med henne just nu för jag hade detta vernissage och hon är med barnen som inte har uppfattat vad som hänt"

"     Ja ja. hon lever i alla fall, sa de när jag ringde till sjukhuset.   Men hon är illa däran så det är frågan om hon överlever och om hon kan kommunicera. Men jag hör av mig till er ikväll, går det bra?"

"     Ja det är okej, vi hörs senare"

Hej var det nån som sa bakom ryggen på mig.

"     Nä men hejsan", svarade jag och sökte i minnet vem denna vackra dam var. Men var fortfarande chockad så jag kunde inte fokusera. Något var väldigt bekant i hennes utseende.

"     Jag kan se att du  känner igen mig men du letar i minnet varifrån men snart kommer du på det.

"     Strumpan."   Jag nästan skrek. Jag gav henne en stor kram. Det är väldigt längesedan vi sågs. Jag blev så lycklig och gav henne en jättekram till och bad henne komma in på en fika så vi kunde språka lite.

"     Vi har inte setts på ca 20 år va?"

" 	Nej så är det nog. Men var bor du? Jag bor en bit härifrån med min fru och 2 barn, närmare bestämt Medåker.

" 	Jag bor faktiskt i Köping sen en tid tillbaka, pga jobb. Jag är där på uppdrag av kommunen för att ta reda på varför det är så stort missbruksområde just där. Jag är skild och har två barn som är 6 och 8 år. Tills nu har jag har jag bott kvar i Hammarby-höjden."

" 	Vill du stanna ett tag för min familj kommer ner snart med lite ätbart."

" 	jag har ingen brådska men du kan väl  visa mig dina tavlor.

Jag visade henne runt så hon fick ta del av alla utställare och förklarade samtidigt att det också var en liten tävling med familj som tema. En jury skulle välja ut den bild som de tyckte bäst om. Juryn bestod av konstnärer som tidigare gick på konstfack och bodde i Västmanland och några unga nuvarande studenter på samma enhet.

" 	Alex , kan du komma hit en stund"
En kollega pockade på min uppmärksamhet .

" 	Sirpa, titta lite, jag är snart tillbaka. "
Jag tog hand om en kund som tittade på mina foton och vi  språkade lite om fotografering. Ingen jag kände.

Det tog en stund innan jag var tillbaka men Sirpa satt kvar.

" 	Men hur länge har du bott i Köping?"

" 	Knappt ett halvår."

" 	Och varför satte de dig på detta uppdrag?"

" 	Jag är socialsekreterare egentligen, men detta är ett uppdrag jag tog för att komma undan lite efter skilsmässan. Har hyrt ett litet hus i Kungsör och det är ett 2-års projekt. Jag trivs väldigt bra här, måste jag säga.

" 	Okey, du måste stanna över kvällen så vi får prata lite om gamla tider och nya"

" 	Ja det vore kul. Jag har inte barnen denna vecka så om det skulle passa dig och din fru så kan vi ses i kväll. Jag kan komma över. Jag har lite jag måste fixa nu på dagen men sen är jag ledig."

" 	Titta där kommer min familj. " Jag pekade mot ingången.

" 	Alma vet vem du är, har berättat om våra bus.

" 	Alma detta är "Strumpan"

" 	Nämen, äntligen får du ett ansikte, va roligt. Alex har pratat så mycket om dig. Här är Matheus och Irma"

Alma kramade om Sirpa som att det var en gammal kär kompis.

" 	Hoppas du kan komma över idag eller ikväll så vi får språka lite, så spännande."

" 	Ja det skulle vara trevligt. Vilken tid, tycker ni?

" 	Ja här ska vi vara till fyra idag så efter sex blir väl bra. Du äter väl med oss?

" 	Ja, gärna"

" 	Är det något du inte tål i matväg?"

" 	nej jag är allätare."

" 	Toppen du  är jätte välkommen"

`Strumpan` lämnade oss och jag pratade just med några intressenter av mina foton. Ett par som undrade om jag kunde fota deras bröllop.

Det var verkligen en heder. De ville ha foton på de sättet som jag hade retuscherat mina foton. Jag tog deras namn och mobil-nr. Bröllopet skulle bli i juni.

" hej Claes och Berit, kul att ni kommer, har ni gått runt eller?

" Ja, svarade de i mun på varandra."

" Det är en kvinna lite längre bort där i hörnet; ser du henne" sa Claes." Ja," sa jag "Det är Maggan Fredström, hon är en duktig konstnär."

" Har du tittat på hennes motiv?"

" Nej, varför då?"

" Tycker du ska göra det, ta en ordentlig titt"

Jag förstod ingenting av det Claes sa men jag beslöt mig för att gå och titta. De stod kvar vid mina tavlor om någon kom skulle de säga till. Jag var för nyfiken för att låta bli att gå dit.

" Hej Maggan hur är det med dig"

Vi hade inte språkats vid på morgonen.

" Jo tack det är bara bra. Roligt att vara här och det verkar som att folk letar sig hit."

" ja" sa jag. Tänkte bara titta lite på dina verk. Har gått runt lite men inte sett dina. Är det din familj eller"

" Nej tyvärr, det är en kompis familj som jag har känt i flera år. De är inte härifrån trakten men det blev så härliga bilder så jag tyckte att jag ville använda dom.  Varsågod,  jag kommer och tittar på dina sen."

Hon fick just besök så jag kunde ägna mig åt fotona i lugn och ro.

Det var olika familjer men en representerades mer. En del hade en liten historisk bakgrund. De var i färg och större format än mina. Alla foton hade samma bakgrund, det var det gemensamma. Jag tittade och funderade varför Claes ville att jag skulle titta så noga på dessa.

Jag riktigt genomskådade varje foto. Det var en familj med 2 barn, som vilka som helst. Jag kände inte igen någon tills jag fick se det  som drog till sig min uppmärksamhet.

En tavla med en pojke som stod snett bakom familjen och skymdes lite vid första anblicken men när jag fokuserade lite på den bilden i sin helhet så såg jag, Matheus, men det var det ju inte, men likheten var slående…………

Jag tog fram mobilen, tittade mig omkring, men Maggan var upptagen , tog ett kort på fotot och gick därifrån. Smått fundersam.

"  Jaha" sa Claes.

Jag visade fotot jag tagit och det var det som Claes såg också"

"  Ser du likheten med Matheus, lite väl lika eller hur?"

"  Ja, det kan man säga." Jag studerade det länge och även föräldrarna som då var med på fotot. Inga som jag kände eller ens kände igen.

Hoppade till av att Alma ställde sig bredvid för att titta. Jag var så in i det hela så jag inte märkt att hon dök upp bakom mig.

" Alex , vad är det som är så intressant?"

" Titta här"

Visade henne fotot och hon blev totalt stum.  Hon satte sig ner på stolen och såg ut som hon skulle svimma.

" men vad är det, Alma, mår du bra?"

Hon tittade upp på mig och svarade:

" Han, den vuxne, alltså kanske pappan," ( hon såg helt tagen ut och stakade på orden) Han som är där på fotot är  William, hm min halvbror"

Tystnaden blev total. Jag tittade på Claes och han tittade på Alma. Berit hade satt sig på knä bredvid Alma som fortfarande såg alldeles chockad ut.

" Alma, är du okey"

Hon svarade inte. Jag drog upp henne från stolen och tog henne åt sidan. Matheus och Irma lekte med Oskar och Ebba ute.

" Vill du att jag ska köra dig hem."

" Nej, Axel, du stannar här, jag är okey, måste bara smälta detta.  Om barnen vill så tar jag bilen och kör hem."

Jag ropade på ungarna och frågade om de ville åka hem, men det vill de inte. Berit kom och erbjöd sig att titta till dom alla fyra.

Jag gav bilnycklarna till Alma som inte sa så mycket och hon tog bilen och åkte därifrån.

I samma stund ropade Claes på mig.

" ja jag kommer"

Det stod en TV-journalist vid mina tavlor. Jag kände igen honom från lokal-TV.n

Han presenterade sig som Carl Holmström.

" Hej, jag undrar om jag kan få göra en intervju med dig. Jag tycker du är ganska outstanding på detta vernissage. Dina tavlor är kontrasternas mästerverk . Det diffusa grå med den röda ramen. Lite ovanligt. Var har du fått den idén från?"

" Jag såg en film en gång om kontraster i fotosammanhang och gillade det. Sen tyckte jag att nu var det dags då jag ville ha dessa dimmiga familjebilder så tyckte jag det kunde passa."

" Har du varit i branschen länge? jag har liksom inte hört talas om dig tidigare."

" Ja ett par år, tidigare var jag frilansare. Jag har fotat så länge jag kan minnas men inte proffesionellt. Företaget startade jag för ca 2 år sedan vid sidan om, så nu driver jag `Alex photo`. med kontor hemma samt hemsida. Frilansar för vissa lokala tidningar bl.a och fotar på beställning. Just nu har jag ett bröllop som väntar i juni."

Han frågade om han fick ta några bilder och efter att ha tagit några foton frågade han om han fick använda de på kvällens SVT´s lokala nyheter.

Jag accepterade och han tackade för sig och gick vidare.

Tog upp mobilen och slog en signal till Alma, hon måste vara hemma.

" Hej Alex, svarade hon, jag är hemma nu. Känner mig lite konstig. Men var hade du tagit fotot som du visade mig?"

" Jag gick ju till Maggan en stund för att titta lite på hennes foton. Classe hade varit där och sa att jag skulle titta på hennes foton. Han tyckte att pojken var så lik Matheus."

" Jaha, ja det kan jag hålla med om. Men det betyder att våra barn är kusiner. Vi har ju samma pappa. Kan du skicka fotot till mig, ska visa mamma."

Jag skickade fotot på messenger.

Alltså jag blir snurrig i huvudet av allt detta. Känns som att den där gården på Kreta mer och mer blir ett alternativ. Här händer det så konstiga saker och tröttsamma. Hur är det där?

" Det är ganska mycket folk just nu. Barnen är ute med Berit och leker. Vi äter lite och sen kommer vi hem strax efter fyra. Sirpa kommer över vid 18-tiden och äter en bit med oss.

" Ja det blir bra, jag lagar lite mat och vilar en stund. Puss o kram och lycka till"

" Tack, puss, vi ses snart."

Jag gick tillbaka till min utställningsdel och där var ganska mycket folk samlade, Claes höll i trådarna och presenterade mig för en herre från Stockholm. En galleri-ägare och tillika konstnär. Han hade galleri på Östermalm och inbjöd mig på stående fot att ställa ut där om några veckor.

Blev stum och fick inte fram ett Tack och han tog mitt visitkort och gav mig sitt sen avvek han lika fort som han kommit.

" men Alex, såg du inte vem det var?"

" Va, ingen jag kände igen"

"    Men Alex nu är du väl någon annanstans i tankarna, han är ju känd för sina bilder."
"    Nääää jag kan inte komma på att jag känner igen honom, vad heter han?"
"    Han heter Jakob Mckinsky."
"    Va??? men det namnet har jag ju hört talas om. Men Claes, är det han som fotade flyktingarna som kom på 90-talet, och fick uppmärksamhet."
"    ja visst , Alex."
Berit kom och ungarna är hungriga. Var ska vi duka upp?"
Åter till verkligheten.
"    Jag har ett bord vid väggen som vi kan använda. Men vi dukar upp strax utanför. Här är mina grejer, det ligger en duk i också, så äter vi här tillsammans, Stolar finns lite här och där som vi kan låna."
Alltså jag var någon annanstans. Hur kunde denna man vara så intresserad av mina alster? Undrar om det var allvarligt det han erbjöd eller. Bara att vänta och se. Vi hjälptes åt med dukningen och efter en stund var det uppdukat med grillad kyckling, härlig Alma-sallad med mosad advokado.  Berit hade bakat små spenat pajer och gjort en underbar grön sallad. Alla barn var samlade och vi var hungrigare än vi trodde. Jag åt med vissa avbrott för besökare som ville titta och fråga. Fick en del små uppdrag för den kommande veckan.

Bordet dukades av och kaffet tog plats. Berits bakverk blev mycket uppskattade. Några av kakorna lade jag upp vid min utställning och bjöd besökare på. Barnen hade lånat min platta och satt en stund och kopplade av. De hade ju sprungit runt i flera timmar. De skrattade så gott åt Mr. Bean som jag laddat ner. Tänk att de tyckte han var så rolig.

Utställningen var strax över men det var forfarande bra med besökare. Jag kände mig ganska trött.

Berit föreslog att barnen och hon skulle åka hem till henne och leka lite. Det var alla med på så de drog iväg och Classe och jag satt kvar med en kaffe i handen och mådde ganska bra, då ringer mobilen.

" hej Alex, det är Jakob, ja alltså det var jag som kom förbi och erbjöd dig att ställa ut på mitt Galleri i Stockholm. Nu har jag tittat i min kalender och ser här att om 3 veckor som denna dag så är du välkommen. Hoppas att det passar och vi hörs närmare. Jag vill gärna ha besked i ganska god tid innan för planeringens skull, om du vill delta eller ej. Ska vi säga att du slår mig en signal inom 10dgr?"

" Javisst , Tack så mycket. Jag hör av mig inom den tiden. Tack igen och Trevlig eftermiddag"

" Tack detsamma"

Och han la på luren.

" Jaha och vad händer nu då, ska du ställa ut i Stockholm eller?"

"     Ja det verkar så"

"     Kul Alex, hoppas verkligen att det blir av. Nu är vi klara här, tiden är ute. Nu packar vi och drar hem, eller."

"Ja, det blir bra."

Jag hade sålt en del och fått en invit till fotografering av ett bröllop i juni. Det var okej.

Vi packade in allt i Claes bil eftersom Alma hade kört hem med våran bil tidigare. Berit hade egen bil och hade åkt iväg med barnen lite tidigare.

Claes tog några tavlor och gick ut i bilen. Jag städade av lite.  Sen tog vi alla tavlor som vi ställt i ett hörn och ställde in i bilen. Berit hade lämnat med barnen för annars hade det blivit lite trångt.

Maggan Fredström har kommit förbi och ögnat igenom mina tavlor och såg då Matheus. Hon markerade genom att säga att det var väldigt fina nyanser m.m. Men jag tror att hon såg likheten med Matheus och grabben i hennes foto. Men hon sa ingenting. Vad nu kan det betyda.

Kände mig helt plötsligt väldigt trött, men så brukar det vara. Det är liksom sån anspänning med allt som ska göras i samband med en utställning så när det är över, går luften ur. Men det kändes väldigt bra och jag är glad att jag var med. Nu ska folk rösta en vecka och tillsammans med juryn ska vinnaren presenteras officiellt i lokaltidningen. Det är bra reklam.Så det vara bara att vänta och se vad som ska hända.

Jag hade dessutom sålt flera stycken och köparna kom nu för att hämta sina alster.

188

"	var ska du ha dina tavlor" avbröt Classe mina funderingar.

" 	Ja just det, vi tar in dom på kontoret."

Jag gick in och öppnade dörren till kontoret.

" 	hej Alex "

" 	kommer snart, vi ska bara ställa in tavlorna."

Vi ställde in tavlorna och sen gick Claes hem till sitt, med all barn som varit hos oss.

 Bad honom att skicka hem ungarna före 19.

" Alex, häller upp ett glas vin."

Sirpa är här och sitter ute. Vi sitter och pratar om dig och njuter i solen.

Det sa hon med att litet smile.

" 	Jag gick ut på altanen. Välkomnade Sirpa,  Vi satt en stund och sen gick vi in slog vi oss ner vid köksbordet och plockade lite i maten. Alma hade gjort iordning Meze´, plockmat.

" 	Jaha, tjejer , vad har ni pratat om? Hur vi busade som små?"

" 	Ja oj, " sa de med en mun, sen sa Alma:

" Strumpan känner William, hon har varit sambo med vår gemensamme  bror Jens och de har två barn. Våra barn är alltså kusiner"

Jag bara tittade från den ena till den andra.

Strumpan började berätta.

" 	När du flyttade hit så studerade jag till socionom fortfarande, sen fick jag en en liten etta vid Finn Malmgrens torg och bodde faktiskt där några år.

Träffade Jens, mitt ex. och vi köpte en lägenhet i Hammarbyhöjden, de där första bostadsrätterna. du vet , runt Malmövägen.

Sen kom barnen men efter 4 år och mycket oro i äktenskapet bröt vi upp. Det funkade liksom inte, och det var vi överens om.

Jens är en bra man och pappa men vi  var så pass olika så vi kunde inte mötas så som vi ville. Idag har vi ett bra förhållande. Så separationen gick bra, barnen tog det bra och vi bodde ganska nära varandra och hjälptes åt för att barnen ska ha det bästa. Man ser ju en hel del i mitt jobb så det var ju inget alternativ.

För att göra en lång historia kort. Nu ville jag se något annat än Hammarbyhöjden så då blev det detta. 2 år i Kungsör,  och Jens gjorde samma val och kunde få en tjänst inom banken han jobbade på i Stockholm. Så han är på en bank i Köping och barnen går i skola i  Köping.  Så det kan bli.”

"    Bor han också i Kungsör?"

"    Nej, han bor i Köping."

”    Och William , var kommer han in?”

”    Ha ha ja just det,  William är ju Jens halvbror, vad är det med er, ni ser alldeles förskräckta ut, har jag sagt något tokigt.”

”    Sirpa ( sa jag alltid när vi skulle prata allvar, kom jag på).   Nu är det så här att vi blev lite chockade bara. Det är så här att Alma är halvsyster med William, och ditt ex.”

Nu blev Sirpa stum. Hon tittade på oss som att hon såg oss för första gången.

"    Har ni haft någon kontakt med William under dessa år? frågade Alma.

"    Vi umgicks lite familjevis ett tag , men han var lite underlig tyckte jag men eftersom han var bror till Jens så fick det liksom vara, men han nämnde aldrig någon syster. Han var lite destruktiv, och bitter på nåt vis.  Jag har inte hört nåt om honom på sistone och inte Jens heller."

Med Jens vet jag ju att ni inte haft kontakt men hur kan det vara möjligt."

Alma tog till orda:

"    Nej,  jag rymde med min mamma från hans hem som liten och sen har jag inte hört något från honom förrän härförleden, på ett besynnerligt sätt som jag ska berätta senare. Han var ju inte snäll när jag var liten. Och vår gemensamma far tog ställning för William i alla lägen så det var omöjligt att stanna kvar."

"    Tja vad ska jag säga , som sagt vi firade lite jular och några få födelsedagar ihop men det blev ju aldrig lyckat. Våra barn är  kusiner så vi tyckte väl att det skulle vara trevligt, men, som jag sa, han var ju lite konstig."

Men, träffade du Jens när du var liten, Alma."

Nej, jag visste inte ens att han fanns förrän William berättade det vid ett kort samtal som var ungefär så här:

"    Hej, William här, måste få tag i dig och vår bror Jens för att få ut arvet efter våran far."

Sen la han på luren och jag har inte hört något sen dess, på sätt och vis.

"    Alma, jag tror att han gjorde samma sak med Jens. Jens berättade då för mig att han hade en syster som han inte visste om.Och här sitter vi och pratar nu och är nästan släkt.
Vi skrattade allihop åt det hela. Vi tog del av Almas härliga meze´ och pratade om allt  mellan himmel och jord.
"    Är det möjligt att du och Jens kan komma tillsammans på middag nån lördag framöver så vi kan få veta lite mer.  Jag drar till Grekland nästa söndag och vet ej riktigt när jag kommer tillbaka, men sen är vi väl hemma kan jag tro."
"    ja visst kan vi det, tillsammans med barnen. Jag ska ta upp det med Jens och hör av mig i veckan."
"    Alex, ring till Claes och be barnen att komma hem ."
Jag slog en signal till grannen men fick inget svar så jag gick dit och de var ute på deras tomt och spelade krocket.  De skulle bara spela klart så skulle de komma hem, Classe bjöd på öl men jag tackade nej och sa att vi hade gäster inne som väntade.
"  Alma , de kommer så fort de spelat klart krocket matchen. Vi hjälptes åt att duka medan vi konverserade om vardagliga företeelser och Sirpa berättade lite om sitt jobb och mötet med barn och vuxna som inte direkt förstod vilken skada de kunde göra varandra.   Sorgliga historier. Vi undrade naturligtvis hur hon orkade då tyckte hon att om hon kunde leda någon in på rätt spår så

kändes det bra. Det var hennes motivation. Naturligtvis skulle man vilja hjälpa alla men resurser räckte inte alltid till alla. Inget lätt jobb kan jag tänka.

Efter en stund kom barnen in springande. De stannade av lite för att hälsa på Sirpa som jag presenterade som min barndomskompis när jag var i Matheus ålder. De tyckte det var rena stenåldern, intresset var inte så stort för det men de var hungriga och slog sig ner.

" Tvätta händerna."

De rusade in i badrummet men kom inte igenom dörren samtidigt och det blev lite stökigt ett tag.

Vi njöt av en underbar vegetarisk måltid som min kära Alma satt ihop.

Sirpa berömde vad hon än stoppade i munnen och frågade om recepten.

Vi satt länge och väl vid köksbordet och åt och småpratade, så även barnen. Det hela avslutades med hemmagjord avokado-glass och kolasås samt kaffe.

Barnen började röra sig otåligt och ville gå upp och leka så vi letade oss ut till altanen med vårt kaffe. En jacka räckte för att inte frysa och vi språkade om alla fina kvällar vi hade framöver. Det var ju dock bara april. Sirpa kom ihåg Petter som hade bott i porten bredvid och jag frågade vad som hänt honom.

" Tragiskt, Petter hade varit med sina föräldrar i Phuket det året som det blev sonami. Hans föräldrar hade varit själva vid stranden medan

Petter hade varit på hotellet som låg en bit upp i backen. De hann inte undan.

Petter är idag bosatt utomlands, men jag vet inte var. Vi hade lite kontakt ett tag men det dog liksom ut. Han utbildade sig till snickare men om han jobbar som det idag ska jag låta var osagt."

Vi satt tysta ett tag och smuttade på vårt kaffe och njöt av att bara kunna sitta ute, tills barnen kom nerspringande. De tittade på TV en stund. Klockan var  mycket, nästan tio.

Mobilen!

"     Hej Alex Krim här, stör jag så här på lördagkväll?"

"   Nej,  det är okey."

Jag reste på mig och gick in i mitt rum för att få vara lite ifred.

"     Har gått igenom obduktionen på kvinnan vi hittade som skulle vara din mor, brevet i fickan osv."

" Ja, ja "

" DNA  visar att det är din  Eloni."

Jag blev stum, varför hade hon då brevet i fickan som var daterat till mig…..

"   Okey och vem var hon då?"

"   Hon var en syster till din mor."

" Hon var min moster, ja, för det sa min far att mamma hade åkt dit vid något tillfälle men varför skulle hon ha blivit bragd om livet"

"     Min teori är att hon visste något angående din mor som någon inte ville att nån skulle veta. Jag tror också att din mor inte kom den kvällen för att hon hade ständig kontakt med din moster och förstod att det var nån form av fälla, kanske"

" herregud vilken soppa"

" har du läst brevet , Alex. Jag har läst det och skulle vilja be dig om att läsa det så snart som möjligt och att du hör av dig till mig snarast. Vill nämligen höra din tolkning av det brevet. Jag har mina funderingar men vill först att du ska läsa det för att se om mina tankar om situationen är relevanta.

Nu ska jag inte störa mer. Du får morgondagen på dig att läsa och fundera så hörs vi på måndag, okey?"

" Ja det blir bra. Trevlig helg"

" Tack detsamma"

Samtalet avslutades och jag gick till barnen som faktiskt hade somnat i soffan så jag stängde av datorn och gick ut på altanen där tjejerna satt kvar och pratade.

Alma frågade vem som ringde och jag drog till en vit lögn för att Sirpa inte skulle veta allt.

Vi drog oss sakta inåt för hur det än var så blev natten lite kall och  Sirpa skulle dra sig hemåt.  Vi tog adjö och bestämde att nästa gång skulle vi ses med Jens och barnen för att höra lite mer om William. Innan jag åker till Kreta. Men också för att vi gillade Sirpa, och gärna inte ville att hon skulle fly oss ur händerna. Hon är ju lika kul och trevlig som förr.

Alma och jag hjälptes åt med barnen för att få de i säng och det var ju det värsta när de somnade nere och man skulle bära upp dem. Och de blev inte lättare med tiden.

Vi intog TV-soffan och strö tittade på nyheterna samtidigt som jag berättade vem som ringt.

Alma såg förvånad ut men vi bestämde att lämna det därhän för ikväll och bara titta på en film. Och den såg vi till hälften sen gick vi upp för att sova för vem skulle bära upp oss om vi somnade på soffan......?

# söndag

Vaknade av regnvädret ute, åska och blixt och riktigt tungt regn.

Alma var inte vid min sida men nu hade jag lugnat ner mig och kände på kaffedoften att hon redan var i köket.

Tittade på klockan och blev riktigt glad att jag hade sovit så pass länge.  Steg upp gick förbi barnens rum och de sov som stockar, gick ner till Alma och gav henne en puss på kinden och satte mig ner vid köksbordet. Vi hade liksom våra givna platser.

"   Alma, vad har du för planer för idag"

"   Varför undrar de det?"

Alma fyllde på kaffe till mig och hade också gjort några mackor som jag högg in på.

"   Jo, det gäller samtalet igår med Krim och jag skulle behöva lite tid för att vara själv och läsa brevet. Förresten så var det inte min mor som var död utan hennes syster Eloni……."

"  va? "

" Javisst, och Krim-Per (som jag nu kallar honom) har läst brevet och tolkat det på sitt vis, så han vill att jag ska läsa det nu så vi kan synkronisera våra tolkningar av det brevet."

" Ja men du, jag pratade med Berit igår om vi skulle åka och handla med barnen idag, och nu när vädret inte ser ut att bli så bra så ringer jag till henne så drar vi till Örebro och äter lunch där också. Ser ut att bli regn hela dagen.Det blir väl bra?"

" Toppen."

Vi drack vårt kaffe i tystnad vilket höll kanske två minuter, sen kom Irma nerstormande för trappan, trampade fel och föll pladask i golvet.

Jag gick fram för att ta upp henne men hon hade redan rest sig och ville ha frukost. Alltså den ungen. Det gjorde inte ont ,sa hon.

" Jag vill ha  varm choklad och en sån där macka, " sa hon och pekade.

" Ja varsågod"

I samma stund kom Matheus ner släntrande för trappan. Han hade blivit lång på sistone. Det var liksom som att de växte mer på våren. Som nyplanterade skott som skjuter i höjden av extra näring. Han bad också om varm choklad.

Vi åt och småpratade lite och Alma presenterade sin idé för barnen och de blev glada för en utflykt.

Vid 10-tiden var huset tomt och jag dukade av bordet och fyllde diskmaskinen och la även i en tvätt, fyllde på lite kaffe och drog mig till mitt rum i sakta mak. Stängde inte dörren, öppnade fönstret för att få lite luft och tog fram datorn, öppnade min mail.

Samlade mig, visste inte vad detta skulle leda till och om jag orkade ta emot detta men jag var så illa tvungen.

### *Brevet*

*Hej Alex*

*Vi har inte setts sen du var riktigt liten och jag måste ju säga att jag undrar så hur du har det. Det var inte jag som stod utanför ICA och var i parken och gav din son små papperslappar. Det var din mor. Hon lever i allra högsta grad. I Grekland.*

*Hon var här och hälsade på mig med sin nuvarande fästman (ej gift) eftersom hon inte kan komma hit ensam för hon var hotad av din far. Nu när han inte lever så har en av hans farbröder (Giannis)tagit över den rollen. Din mor har dock följt dig genom alla år genom mig. Jag gifte mig och bytte namn och stad så din far hade lite svårt att lokalisera mig. Han hade ju hotat mig också så jag var ju tvungen att smyga. Men som sagt, vi, jag och din mor, lyckades hålla kontakten på olika sätt utan att bli upptäckta. Ibland med andra människors hjälp.*

*Din mor blev kär i en annan man ( George, som hon nu är med). En underbar grek som jobbade på samma sjukhus som hon.*

*Din far har alltid varit väldigt svartsjuk och när din mor var dålig ibland så hjälpte ju Sirpa´s pappa till och plåstrade om henne. Sirpa och Sirpa´s* mamma visste ingenting. Du var för liten att förstå. Din far var en hustrumisshandlare.

Detta pågick under alla dina första år och jag försökte att få henne att bryta upp men hon kunde inte för din pappa skulle inte låta henne träffa dig.

Jag trodde ju inte det men hon visste.  Ibland var hon borta ett tag, det kommer du kanske ihåg.

(jag nickade för mig själv, visst kom jag ihåg, fast jag var ju bara upp till 5 år.)

Då sa hon att hon var hos mig men det var hon inte. Hon var hos hans bror, din farbror.(Giannis)

Jag tror inte ens att du visste om att han hade en bror så han kunde hålla ett öga på henne tills allt läkt och hon kunde komma hem igen.

Men i alla fall, den gången som du minns när hon hamnade på sjukhuset, det var inte riktigt sant. Hon hade blivit så slagen att hon hade låst in sig på toaletten och ringt till hennes nuvarande sambo och undrat om han kunde hjälpa henne. (hon hade alltid en telefon gömd  där)

Och så blev det.  Han väntade på henne på gatan utanför där ni bodde tills din far somnat, då smög hon sig ut, som hon var, utan mer packning än det hon hade på sig, och klev in i hans bil och de körde iväg.

Där tog lögnerna fart. Din farmor hotades, jag hotades, han letade dagarna i ända, hade tagit ledigt från sitt jobb ett par  dagar.

Till slut gav han upp. Din mor var räddad men ledsen. Polisen trodde hon inte på eftersom hans kusin jobbade där, det hotade han alltid med.

*Jag fick ett kort meddelande att hon levde.*

*Hon hade sitt pass, och sen for hon iväg till Grekland. Passet hade din far gömt men hon visste var. Legitimationen hade hon. Jag har smugit på dig i alla år. Din far gjorde dig inget ont vad jag förstod men som lärare jobbade han inte mer, vet ej riktigt vad som hände.*

*(Han gillade ju inte skolan som han sagt till mig och jag visste ju inte varför. Han berättade det aldrig för mig.)*

*Din farmor hjälpte till men vågade inte säga nåt och åren gick och nu tyckte hon att hon kunde närma sig dig eftersom farbrodern mest var sängliggande den tiden efter en operation och inte var ute så mycket. Så jag hoppas nu när ni ska ses på Å-gården att det blir ett positivt möte och att ni får en bättre framtid tillsammans.*

*Lappen som jag gav din son i parken tillhör ett litet sommarhus som hon hyrde av en vän till henne hyrde. Vet ej något mer.*

*Mvh  din moster  Eloni.*

Lutade mig tillbaka i stolen och blundade. Kände mig liksom tom i huvudet.

Nyckeln. Där var lösningen på den men var passade den. Blir en senare fråga.

Fällde en tår över min stackars mor, vad hon hade fått stå ut med. Satt länge kvar i samma ställning och kunde bara inte tänka. Tom.

Reste mig sakta upp och tog mig ut i köket. Det hade blivit mat över igår kväll som vi skulle ha men nu åt dom lunch ute, så jag satte mig ner vid köksbordet och åt. Hällde upp ett glas vin. Kände mig tom…tom…tom.

Funderade efter en stund över varför min moster hade blivit bragd om livet. Min mor, var befann hon sig nu?

Och varför hade hon inte tagit kontakt tidigare, jag hade ju bott ensam eller så hade min farbror (Giannis) nån roll i det hela. Jag menar, hon bodde ju i Grekland. Var vi avlyssnade hemma?

Hur visste Eloni att vi skulle träffas på Å-gården?

Hm, söndag idag, tänkte jag men jag hade telefonnumret till krim Per så jag slog en signal.

" Hejsan Alex" vad förekommer detta tidiga samtal?"

" Hej Per. Hoppas att jag inte stör" Men har en del funderingar angående brevet."

" Shoot"

" Alltså hur kunde Eloni veta att jag skulle träffa mor på Å-gården? Visserligen pratade de på telefonen men att säga det tycker jag verkar mindre troligt. Skickade hon sms eller?"

” Vi har sett att hon ringt till din mor men inget sms.”

” Kan vårt hus vara avlyssnat?”

” När skulle det ha skett?”

” Kanske då de gick in och rotade i våra rum. Kanske en avledande aktivitet för att inte tro nåt annat.”

” Vet du Alex. jag ringer till station och ber de skicka en kollega för att undersöka saken, Är du hemma nu?”

” Ja, jag ska hålla mig hemma åtminstone under dagen”

Vi lade på och jag dukade av bordet och satte på diskmaskinen.

Gick in på mitt kontor och tittade igenom brevet ytterligare en gång men det gav inget utöver det som jag uppfattat vid genomläsningen.

Gick igenom mailen som fått vänta ett tag och tog fram almanackan. Hade fått en del foto beställningar nu efter utställningen på biblioteket som jag måste skicka. Följande söndag skulle jag ju åka iväg så en del var jag tvungen att boka om fotograferingar. Hoppades att det skulle gå bra, för jobb behövde jag.

Det tog faktiskt ett par timmar att boka, avboka, omboka och förbereda breven för att skickas på måndag. När när jag var klar hann jag bara med en kopp kaffe på altanen som badade i sol efter regnvädret i morse innan familjen stormade in, glada och nöjda.

"    Titta pappa , har köpt en vattenpistol för mina veckopengar"

"    Och jag har också köpt en vattenpistol" sa Irma. Jag inspekterade det inköpta och gladdes åt deras lycka. Nu kunde vi åka och bada så snart vädret tillät. Om inte annat så i ute-poolen i Arboga.

Eller varför inte i simhallen.

Det ringde på dörren och Matheus sprang för att öppna.

"    pappa det är en polis"

"    okey jag kommer"

Jag släppte in polisen, Jacko Ostock. samma som sist  och han började söka direkt.

Matheus undrade tillsammans med Alma vad det var frågan om. Jag förklarade vad han skulle göra.

"         men kan det vara möjligt" sa Alma lite förskräckt.

"    Ja, man vet ju inte. Ska berätta ikväll vad som är orsaken till detta. Vill du ha en kopp kaffe? "

"    ja, gärna, har köpt lite gott nyttigt kaffebröd."

Vi drack vårt kaffe på altanen där vi hade införskaffat oss en härlig schäslong och några fåtöljer.   Barnen åt varsin glass och vädret var som den bästa maj dagen.

"    Förresten " sa Alma "  Claes och Berit skall åka på en kortsemester imorgon, De hade hittat nån solresa ´sista minuten` till Spanien. De behövde det , sa hon. De blir borta en vecka."

"    Jaha , det kan ju vara skönt "

Jacko Ostock  kom ut och vi bjöd honom på lite kaffe.  Han slog sig ner i en fåtölj  bredvid Alma. Jag hade naturligtvis lagt beslag på schäslongen.
" Pappa, vi går upp och leker."
" Tack."
Han bad om papper och penna och skrev medan han drack kaffet. Det verkade underligt men han hade visat med fingret att vi inte skulle prata.
Han räckte över pappret och vi läste:
`Ert hus är avlyssnat.
(Alma och jag såg nog ut som om vi ramlat av stolen)
Det är väldigt svårt att upptäcka. Det måste vara någon som haft tid att göra det och som har de tekniska resurser som behövs för det är faktiskt väldigt proffsigt  gjort. Har ni nån aning om, eller känner ni någon som skulle kunna installera ett sånt system. jag har monterat ner de som jag sett men det kan finnas fler. Var noga med vad ni säger.`
Tänkte på Claes, som motsvarar beskrivningen men alltså det var ju befängt.
Han hade ju haft tid liksom. Nej nu får jag skärpa mig.
Jacko skrev:  `Tänker ni på någon.`
Jag skrev:  `Nja, kanske men det är inte möjligt så jag måste ändra spår.`
`varför det, man vet aldrig vad man har för människor omkring sig. Bästa vännen kan vara ens värsta fiende. Har hört och sett mycket genom åren.  Säg vem det var och vi kan forska lite`

*Det bar mig verkligen emot att säga vad jag tänkte men Alma sökte min blick och stavade hans namn med munnen utan att säga något.   Men jag vägrade att ta in det.*

` *Claes, grannen.*`skrev  Alma.

Alltså detta är inte sant, min polare och granne. våra grillkompisar, barnens lekkamraters far.  Hur kunde vi bara tro att han hade något med detta att göra. Det är inte möjligt.  Det är ju många som är duktiga på det tekniska.

Vi hade ju   inte känt varandra mer än kanske knappt sex år. Vi hade köpt huset när Matheus var nyfödd. Vi blev liksom tajta på en gång. Alma och Berit hade ju samma intressen för hälsa och Claes och jag fann varandra över en öl. Han jobbade som dator-ansvarig på Arboga kommun. Han fotade lite på fritiden, mest natur, och det var bra. Jag kunde ge honom lite tips och han hjälpte mig när datorn krånglade. Vi grillade ihop, var i lekparken med barnen osv.

”   Alex, hör du mig”

”   va,  ja visst, satt bara lite i andra tankar.”

` *Jacko skrev:   Jag vill att du ska berätta detta för Claes om att vi kom på att ni var avlyssnade och titta noga på hans reaktion. Gör inga antagande eller påstående till honom utan berätta för mig vad du iakttar .  Det kan ju vara helt fel så fundera inte på i nuläget om han är skyldig eller inte. Men försök och prata mycket om det som hänt, men följ hans reaktion.   Skriv ner det samma dag och maila mig. Kommer du på nåt särskilt så skriv ner* *det direkt och skicka till Krim. Det är det bästa så inget går förlorat över tid. Sen kan vi sammanfatta allt och gå igenom. Förstår du vad jag menar.` Säg ingenting till barnen utan lev ett vanligt familjeliv. Men glöm ej att vara försiktiga när ni vill säga något viktigt till varandra.`*

Jacko iakttog mig med ett allvar som kändes som krav, men jag förstod ju vad han menade. Jag tänkte också på att jag skulle åka på söndag som kom och då måste detta vara ur världen. Annars kunde jag inte åka och lämna Alma o barnen själva.
" Alex."
Jag nickade i samförstånd.
Jacko reste sig upp och gick mot dörren. Jag följde med och släppte ut honom. Sen låste jag dörren och gick tillbaka till Alma.
Jag sjönk ner på schäslongen igen och andades tungt. Alltså om jag nu skulle ta reda på nåt om Claes så blev ju inte vår relation så bra. Jag kommer ju automatiskt bli lite stel.
" Alma, vad ska vi göra, hur ska vi lägga upp detta."
" Mamma, vi är hungriga. Irma ropade ( skrek) från övervåningen och jag replikerade.
" ok vill ni ha pizza?" vilken dum fråga.
" Jaaaaaaa. skrek båda"
Jag ringde och beställde Pizza i Arboga. Det finns en där som är bra.
Jag skrev:

*`det är väl bäst att vi försöker vara så naturliga som möjligt. Jag menar, om det är så att han har nåt med detta att göra så är han ju så smart så han kan genomskådar oss. Och då är vi illa ute. Vi har inte så mycket att välja på. Om en vecka åker du och då måste detta vara ur vägen.´*

Alma nickade.     Var det så här vi skulle kommunicera. Vi kom överens om att prata som vanligt i vardagen. Om väder, mat skola vad vi skulle göra men sen var det bra.

Jag åkte iväg för att hämta pizzor. Alma hade dukat i köket för det hade blivit lite kallare ute.

"    Barnen,  pizza budet är här."

Vi hann knappt säga det förrän ungarna satt vid bordet. Vi åt under tystnad vilket betydde att alla var hungriga.

Alla hjälptes åt att duka av och barnen ville titta på TV.  Jag letade upp barnkanalen och jag o Alma tog på oss en tröja, tog ett glas vin och gick ut på terassen.

Klockan hade närmat sig kväll och vi sa inte så mycket där vi satt tillsammans på schäslongen.

Så satt vi nästan en timme tills vi hörde något  ljud utanför som vi inte kände igen.

Jag reste mig och gick och tittade och då såg jag Claes krypa omkring på alla fyra, som han letade efter nåt.

"    Hm, och vad letar du efter.

"    Va . tjena. vi spelade lite golf, du vet sån där hemma golf och jag puttade min boll för långt åt detta hållet så nu får jag ligga här på alla fyra och leta. Vill du hjälpa till?"

Tja tänkte jag och gick ner på alla fyra. Vi letade och letade och till slut så hittade jag den uppe i våran rabatt.

" Claes, hittat"

" Ok, bra, Tack , vi bjuder på ett glas om ni vill."

Jag tackade nej, önskade en trevlig kväll och vi skildes åt.

Svårt att tänka sig att han skulle vara inblandad i nåt som skulle skada oss.

Jag satte mig bredvid Alma en och stund sen gick vi in. Barnen hade somnat framför TV.n.

Vi lyfte upp dem och dusch fick bli imorgon bitti.

Vi samlade ihop saker och ting och slog oss ner framför TV-nyheterna.  Jag smällde i mig resten av pizzan, som vanligt.

Det blev tidig sänggång, med lite mys  i duschen och sen somnade vi nog direkt när huvudet träffade kudden. Vi hade naturligtvis fnissande letat efter avlyssningsapparat i badrummet men inte hittat någon.

# Måndag

Vaknade av en duns och sen ett skrik, for upp ur sängen som ett skott, in i Irmas rum och hon satt på golvet och grät.

" pappa, jag ramlade ur sängen"

Jag kontrollerade alla kroppsdelar och fann att det var mjukskador så jag lyfte upp henne och la henne i sängen hos Alma. Irma sov i sitt rum som var halvfärdigt. Hennes val.

Tittade på klockan och det var ju ingen idé att gå och lägga sig igen så det fick bli tidigt morgonkaffe. Tittade till Irma och hon hade somnat bredvid Alma. Jag placerade mig på altanen med en filt och det var riktigt skönt. Vår altan var lagom men jag hade lite idéer om hur jag ville ha den. Men det blir ett projekt nästa sommar. Nej, det går ju inte, vi ska till Kreta till varje pris. Där ska vi göra våra satsningar.

Funderade naturligtvis också över gårdagen.

Tanken kom upp att vi inte hade tittat om det fanns kamera någonstans i huset. Men det kunde väl inte vara möjligt.

" Godmorgon , hörde jag en ljuvlig stämma inifrån, vill du ha sällskap?"

Alma satte sig  med sin kaffekopp på schäslongen men efter en kvart var vi tvungna att resa på oss. Det var måndag, skoldag. Barnen hade inte duschat igår så det blev att göra det nu.

Det blev lite protester men till slut så var båda påklädda och jag följde dem till skola o förskola.

Jag lämnade Irma på förskolan. Matheus ville gå själv så det fick han men jag smög lite för att följa honom eftersom det hade varit så mycket kring oss just nu så var jag lite extra övervakande.

Han steg in i skolans värld och jag tog det långa benet före och var snabbt hemma.

När jag steg innanför dörren hemma så hörde jag röster från Altanen. Alma pratade med Krim om nåt. Jag fyllde på min kopp med kaffe och gick ut till dem och satte mig utefåtöljen. Det skulle bli en skön aprildag.

Krim vände sig mot mig och bad mig läsa:

*`Godmorgon, Alex.   Vi har nyheter att komma med. Grannen Claes har nog inte satt in avlyssningsapparatur här. Men han har gjort såna jobb så kanske han vet någon.`*

Jag tog ett djupt andetag.

Jag skrev: `

*okey det känns bra. Ska jag fråga honom om han kan presentera förfarandet för mig så jag kanske kan koppla ihop det med olika händelser. Men nu är det så att Claes och Berit åker på semester idag, en vecka påstod de.*

*Krim:   Okej, han kanske anar ugglor i mossen eller så är han pressad av någon.`*

Vi lade ner konversationen och ägnade oss åt kaffe och lite allmänt prat. Alma hade berättat att jag skulle till Kreta i helgen och Krim som varit där berättade hur fint det är.

Vad Alex inte visste var att detta var en fint från Krim. Claes måste haft ett finger med i det hela men han ville inte att Alex skulle veta det på detta stadie för att få en så objektiv bild som möjligt av hela händelsen. Krim ville ha uppgifter av Alex så han kunde kolla upp de för att få en bättre bild av Claes roll i det hela.

Efter en kaffe till så lämnade Krim och vi kunde ägna oss åt varandra ett tag.

Vi duschade och Alma lagade lite mat medan jag förberedde mig för resan. Ringde en del samtal och ordnade födelsebevis via internet. Allt som allt så tog det en timme och jag var förberedd för min Kreta resa.

Vi åt en väl sammansatt lunch a´la Alma. Hon skulle sätta ihop en kokbok tycker jag. Hon kan göra en festmåltid av nästan ingenting.

Efter maten det vanliga. Alma gick iväg på ett möte med en hälso coach. hon hade en del planer på samarbete med kost,träning samt spa.

Jag förflyttade mig till mitt kontor när mobilen ringde.

" Alex här"

" Hej, Jag har inte hört något från dig."

" Hej, Jakob, ursäkta haft haft lite att tänka på dessa dagar. Jag kommer naturligtvis till Stockholm.

" Det blir bra. Jag annonserar ett par dagar innan i pressen så som sagt. Hör av dig i god tid innan. Ha en bra dag"

"  tack detsamma."

Vilken tur att han ringde för jag hade uppriktigt sagt glömt bort.

Nu var det tid för annat. Min mor, kvinnan som dog på vår infart, och min mosters död.  Låter inte klokt men.


Mor,   Var fanns hon, kunde jag hitta henne i Grekland?  Inget efternamn?

Hon har ju inte gift om sig så hon har ju samma namn som jag.

Kvinnan som tog livet av sig:   det var nog egentligen löst, hon var tokigt kär i Alma och klarade inte av ett liv utan henne!!!

Moster Eloni:  Varför fick hon sätta livet till?  Vad hade hon gjort?

Min far levde ju inte, hade någon sagt.  Vem har bragt henne om livet.  Hans bror?  men han var ju sjuk.   Hade moster någon familj.  Hennes efternamn visste jag ju inte. Kan man söka på hennes namn som ogift.

William, vilken roll spelar han, Vem var hans mamma?

Och Jens mamma, vem är det?

Claes.  måste kontakta honom idag.

Mina frågor hade inget slut men klockan gick och jag måste gå till förskolan för att hämta Irma.

Min nästa tanke var att jag måste ringa till Strumpan så de kunde komma på lördag med sina barn, hon och hennes ex:   Jens, Williams och Almas bror.

Tittade ut och såg att det regnade lite.  Äntligen, sprang ut på altanen och ställde undan schäslongen.  Tog på mig regnjackan och gick till förskolan.

Barnen var faktiskt ute fast det regnade.

Irma syntes inte till och den där känslan kom över mig igen. Alltså det  måste jag jobba på.

Där jag stod i mina tankar och sökte med blicken kände jag något som rörde vid  mina ben.

Irma hade krupit upp tyst när mig för att skoja och jag blev så glad.

Vi strosade sakta hemåt. Det hade slutat regna. Matheus hade lång dag idag för de skulle på museum så jag skulle hämta honom vid sex-tiden.

Vi tog en sväng förbi mormor och hon mådde bra. Vi lunkade sakta vidare. Irma pratade hela tiden. Hon hade fått så god mat idag, det var liksom huvudtemat. Måste vara en ådra från Alma. Blir kanske en barn-kokbok.

Väl hemma hörde jag något inifrån då jag öppnade dörren.

"   Alma är du hemma?"   inget svar.

"   Vänta här Irma medan jag går in."

"   Jag klev in och gick runt överallt med Irma vid handen.  Hade tänkt om, det var bättre att hon var med mig.

Altandörren var öppen och ingen var där.

214

Skrev ett sms  till Krim-Per. Han svarade att det var en polis på väg för att ta fingeravtryck.Gick upp med Irma på övervåningen men där hade nog ingen varit. Sökte igenom allt innan jag lämnade henne på sitt rum.
Gick ner och började förbereda middagen.
Dörrklockan ringde och polisen var redan på plats. Han tog lite avtryck här och där och lämnade ganska snabbt.
I dörröppningen höll han på att krocka med Alma som kom instormande.
"     men Alex vad har hänt nu då?
"     berättar sen, måste gå och hämta Matheus.
Irma är uppe på sitt rum. Du får gärna gå upp och se att allt är okey. Jag har satt på potatis. Kommer tillbaka snart."
Gick ganska fort till skolan med huvudet fullt av tankar. Ganska osorterade liksom. Alltså vad är det som pågår,
Matheus kom springande emot mig och var superglad.
"     Pappa, vi har sett dinosaurer som rörde på huvudet och en hade en lite unge som sov. Man kunde se hur den andades."
De hade varit på Naturhistoriska, såklart.
" Men det måste ha varit lite läskigt, eller?"
" Nej, det var jättekul. Vad ska vi få till middag?"
Det var typisk vändning på en konversation ur barnperspektiv. Vi var snabbt hemma och jag fortsatte med mitt i köket.

Matheus sprang upp för att berätta för Irma vad han hade sett idag.

" Axel, vad är det som hänt" sa Alma när hon kom ner för trappan.

Jag markerade att hon skulle inte fråga mer.

Jag skrev:

´ När jag kom hem hörde jag något inifrån och gick runt hela huset men det enda jag kunde se var att terass-dörren stod på vid gavel. Men jag ringde ändå till polisen som kom och tog fingeravtryck. Det var honom du mötte i dörren´

` Men varför håller detta på?`

` Jag vet inte, men jag ska ringa ikväll till Strumpan och höra om de kommer på lördag. Jag har liksom gått igenom de olika händelserna idag och vi börjar med henne och ser om vi kan få ut nåt från hennes ex. Williams bror.`

" Ja det låter bra. Potatisen är klar, vad vill du göra med den."

" kanske äta den," hm (hi hi hi)

Jag tog fram korven jag köpt häromdagen och lite grönsaker och sen gjorde jag en sallad, mosade potatisen och stekte korven.

Alma tittade på mig med en blick som sa allt. Inte varje dag vi åt barnmat men idag skulle det bli.

Ropade på barnen och de blev hur glada som helst. Vi åt under tystnad och det kändes bra.

Efterrätt blev en liten glass till var och en och lite genomgång av dagens skolgång. Matheus hade inga läxor. Irma hade som sagt ätit god mat så alla var nöjda.

Läggdags och jag och barnen gick upp medan Alma plockade undan i köket.

Eftersom de duschat på morgonen så blev det bara lite tandborstning osv.

Läste en saga i Matheus rum och sen blev det en liten egentid för var och en på sitt rum.

En halvtimme senare hade de somnat.

Gick ner för att finna Alma halvt liggande på TV-soffan.   Jag knuffade undan henne lite och vi pratade om det som hänt under dagen. Hon hade haft ett bra möte som resulterade i vidare sammankomster om ett eventuellt samarbete. Bl.a Berit, grannen, hon hade anmält sitt intresse för att hyra ett rum i konceptet för sin verksamhet. Vi hade en väldigt stor fin källarlokal med fönster som vi skulle kunna inreda i olika avdelningar. Antingen som ett enhetligt spa eller för att olika verksamheter kunde hyra in sig.

"    Imorgon ska jag på ett nytt möte med samma inriktning tidigt. Så du får lämna barnen"

" okey"

Vi tittade lite på nyheterna och sen gick jag in på mitt kontor medan Alma gick upp och la sig. Hon skulle gå igenom det som diskuterats idag.

Jag ringde ett sent samtal till Strumpan och hon verifierade att de gärna kom på lördag. Hon hade pratat med Jens och det tyckte han lät trevligt.  Vi bestämde runt fyra-tiden för lite samvaro och middag. Spännande.

Googlade lite på mosters efternamn, Karlsson. Hittade inget just nu.

Det var ju inte direkt ovanligt efternamn men hennes förnamn,Eloni var inte så vanligt.

Letade på Eniro en stund  men fick inget resultat. Det var ju egentligen inte så konstigt med tanke på att hon inte ville att min far skulle hitta henne. Tänk  att min far var så aggressiv. Mot mig hade han inte visat sådana tendenser. Hur skulle jag då förstå det. Visste farmor detta om sin son??

Kände mig trött och stängde ner allt och skulle just gå ut ur mitt kontor då jag fick syn på nåt när jag skulle kasta papper i papperskorgen under bordet. Inget speciellt stort men nåt var det som hade dragit till sig min uppmärksamhet. Ställde mig på alla fyra och tittade ordentligt under bordet och då såg jag en utbuktning som för mig var främmande. Den satt väldigt fint och välplacerat i hörnet av bordet där benen satt för att inte upptäckas lätt. Jag drog mig upp, fattade kameran och ner på golvet igen och tog ett foto från olika vinklar.

Trots att det var sent på kvällen så skickade  jag sms till Krim-Per från altanen. Hade stängt dörren till kontoret och gått ut.

" Hej  Per, stör jag"

" nejdå, jag jobbar dygnet runt , telefontid mellan 00-24… Ha ha ha.

Säg mig Alex, vad har hänt?"

" Jag har skickat ett mail till dig just nu. Kan du kolla det."  Han lade på.

`Jag sitter på mitt kontor hemma och har upptäckt ett främmande föremål under skrivbordet, alltså *det är fastsatt något på undersidan, kan tänka mig en avlyssningsapparat.`*

Han skrev tillbaka: `Okey, jag kan ej skicka någon ikväll men imorgon bitti vid 7-tiden kommer han som var hos dig igår. okey`

Jag:    Okey, låser dörren till kontoret och går och lägger mig`

Han: ´Vi hörs imorgon.Godnatt´

Låste dörren och la nyckeln i köket under kaffebryggaren. Släckte ner och gick upp och la mig bredvid en sovande Alma. Hon måste ha somnat mitt i allt för det låg papper överallt så jag plockade ihop en del och la på sängbordet. Hon sov lugnt och fint och jag somnade ganska snabbt.

# Tisdag

Hade glömt ställa klockan men jag vaknade av att någon ringde på dörren. Tittade på klockan och förstod att det var polisen. Smög mig försiktigt ner för Alma sov  och öppnade ytterdörren.

"          Godmorgon hördes en vaken röst. Jacko Oustock  samma polis som de andra gångerna.

"      Morrn, fixar kaffe, vill du ha en kopp?"

"      Nej tack , Har fikat på station när jag gick på mitt skift runt 5-tiden. Men tack i alla fall.

"      Hm okej, Jag skrev en lapp:  `Du plockade väl ner alla mikrofoner häromdagen?`

`   Ja, utom den på kontoret. Jag kan ta en titt runt igen och se att vi fått med alla.`

  Jag letade efter nyckeln jag lagt under bryggaren och efter en stund så hittade jag den.

Polisen öppnade dörren till kontoret medan jag hällde upp en kopp kaffe och slog mig ner vid köksbordet. Jag visade honom det jag fotat under bordskivan. Alma vände i trappan och jag gjorde iordning för frukost, satte på mera kaffe, släppte ut polisen med ett löfte om att jag skulle få nån form av info under dagen. Om jag måste byta lås tex.

Det dröjde inte så länge så kom barnen färdig -klädda och med Alma i hälarna. Hon var fortfarande i morgonrock.

"    Godmorgon på er mina älskade ungar, Har ni
sovit gott"
"    Ja (med gemensam mun) vad får vi till frukost.
"  Jag vill ha fil o flingor" sa Irma"
"  Jag vill ha choklad och mackor"
Jag sa att det finns både och på bordet och då
slog de sig ner och åt med god aptit.
Hällde upp en kaffe till Alma som tittade på mig
med 100 frågor i huvudet, som bara väntade på
att komma ut.
Jag tog barnen och gick iväg  och var tillbaka efter
ca 20 min.
Fann Alma fortfarande drickandes kaffe.
"    Alma, skulle du inte iväg nu på morgonen, på
möte?"
"    Alex, Ja nu, men jag spricker av nyfikenhet, vad
är det som hänt."
Jag skrev vad som hänt igår kväll och imorse.
Varför polisen var på plats tidigt och om Alma
hade gett nyckeln till någon som jag inte kommer
ihåg.´
Alma skrev:  `Det enda jag kan tänka är att Berit
fick låna nyckeln en dag när de tog hand om
barnen, kommer du ihåg`
Alma var halvvägs upp i trappan för att göra sig
iordning och gå iväg på försenat möte.
Jacko hade gått igenom hela huset och checkade
ut.

Jaha där var de där misstankarna om Claes igen, men jag sa inget.

" Alex, vad rör sig i ditt huvud?"
Sa Alma när hon kom tillbaka, fixad och färdig.
Hon fyllde på lite kaffe åt oss och satte sig jämte mig.  Jag skrev:
´    *Inget speciellt mer än att jag undrar vad som pågår. Hur i allsin dagar ska vi få någon rätsida då det som pågår runt ikring oss. Alltså allt är så konstigt som att det inte gäller oss utan att det är riktat mot någon annan.*

" Alma, jag går till biblioteket idag i Arboga,
Ska inte du sticka iväg på möte?"
Alma studsade upp ur stolen, tittade på klockan på köksväggen, slängde på sig jackan och var iväg innan jag ens hann blinka. Det är krut i den kvinnan. Allt hinner hon med. Jag är betydligt segare.

" Hejdå älskling" sa jag men tveksamt om hon hörde.  Hon hade redan missat en buss.
Drack ur mitt kaffe och gick upp och duschade, bäddade, plockade lite i allmänhet, klädde mig,
Slog en signal till Krim.

"    God morgon Per."
"    God morgon Alex.   Vi har inte hittat några fingeravtryck, som vanligt, men har du någon idé?"
"Jag mailar." Nej jag hör av mig."
 Skrev:  `*Alma har lånat ut nyckeln till Berit när de passade våra barn innan  Alma låg på sjukan.*`
Per skrev: `*kan du komma ner till polisen.*`

Ok. jag kommer.  Jag lämnade inom två minuter och klev in på  Pers kontor en kvart senare.

"Har du sagt något till Alma om Claes?" frågade Per

"      Nej, inte mer än det som hon nämnde häromdagen."

"   Okej, då utgår vi därifrån. Vi kan inte se att han är inblandad men vi kollar ju upp olika vinklar av fallet. Jag tycker att du ska gå igenom hela huset. Du vet ju hur den ser ut. Hittar du något liknande så ring mig direkt och jag skickar ut Jacko, han är nämligen expert på avlyssnare.

Men jag rekommenderar att du byter lås. Vi kan skriva ett intyg så går det på försäkringen. Mailar det till dig nu. Byt så fort som möjligt. Skicka mig fotografierna som du tog igår, direkt till min mail. Sen hörs vi efter helgen. Men ring nu och byt lås jag har ett möte och jag måste iväg, vi hörs.

Väl hemma slog jag mig ner på pallen i hallen och ringde en låssmed. Han kunde komma under dagen så vi bestämde en tid på eftermiddagen som passade oss båda.  Kanske jag gjorde fel och skulle bett honom komma direkt.

Ringde upp honom igen och om han kunde komma nu. Han tittade i sin almanacka och sa att det skulle gå bra. Jag ringde till Arboga kommun och det gick bra att komma lite senare.

Det tog bara en kvart så var låssmeden på plats.

"      Men hej Svenne är det du som är låssmed?"

"      Javisst, vi har ju mest pratat om barnen på förskolan osv. Jag har jobbat med det i ca 15 år.

Du är fotograf, va. Såg en artikel i tidningen om dig. Har du vunnit en tävling?"
"  Ja det stämmer. Ska till Stockholm och ställa ut."
"  Ok, Vilka dörrar ska jag byta lås på?"
"  Entré dörren och altandörren.. Hur lång tid tar det?"
"  Om en halvtimme är jag klar om jag inte stöter på patrull."
Satte mig vid köksbordet och gjorde just ingenting, orkade inte tänka, liksom, stirrade mest på Svenne som fixade dörrarna.
"  Ja ha då var det klart. 3 nycklar till varje dörr."
Höll på att ramla av stolen. Var så in i mig själv, blockerad på nåt vis.
"  Va ojdå ja ha. Toppen Svenne. kan du skriva en faktura till mig. Skulle inte be dig om det inte fanns någon anledning. Men just nu behöver jag det.
"  Ja det går bra. Skickar dig en ikväll, Har inte kontoret med mig ha ha ha."
"  Fint,"
Vi gick ut tillsammans och hejade på varandra. Han körde iväg och jag öppnade garaget för att finna att bilen var borta.
Var hade jag lagt mobilen.  Efter en stunds letande så hittade jag den bredvid kaffebryggaren
"  Alma, har du bilen"
"  javisst, hade du glömt att jag skulle ha den idag"

"    Hm ja tydligen, okey,  när kommer du hem? Kan du hämta Irma?   Din mamma tar hand om Matheus idag, tisdag du vet.

"    Jag ringer till mamma och frågar om hon kan hämta Irma."

Jag gick till busshållplatsen och fick vänta nästan 10 min. men sen var jag iväg. Det plingade till i telefonen. Meddelande:   ´Mor hämtar, och bjuder på middag. Vi ses där. puss o kram.´´

Jag var framme i Arboga efter 20 minuter.   Gick direkt till kommun och de tog emot mig nästan direkt.

Mötet blev kort och effektivt. Jag skulle ta bilder på Arboga i stort. Fick själv välja och presentera det innan lördag. Oj oj oj. Men jag behövde jobb.

De hade sett mina bilder på biblioteket och fattat tycke för dom, som de uttryckte det. Skulle konferera med Alma ikväll så kunde jag klara av det på 2 dagar.   Vädret skulle vara bra så då behövdes inte mer tid.

Gick till Biblioteket och bad om hjälp för att ta reda på gamla husägare m.m  Blev kvar där mer än en timme. Tog en lunch på Asiatiska vid torget och tog en kaffe på konditori Saga. Satt länge och filosoferade då jag såg Claes gå över torget. Tänkte ropa men höll igen av någon anledning. I går skulle jag inte ha gjort det då skulle jag ha bett honom att fika med mig. Men han var ju inte inblandad hade Krim sagt, men misstanken fanns liksom.

Ja ja han försvann bakom hörnet och jag tänkte
på morgondagen. Skulle bli tvungen att slå mig
ner vid datorn för att forska vidare i tidigare ägare
av vårt hus.
Kanske kunde göra det ikväll. Telefonen ringde.
” Hej Alma, var är du?”
” hej, jag slutade tidigare och tänkte om jag kan
hämta dig”
” Sitter på Saga och fikar. Bjuder om du  kommer”
” Självklart, där om ett par minuter.”
Vi hade en timme på oss innan vi skulle gå till
Svärmor. Kändes bra att koppla av tillsammans
med Alma. Hon kom över torget som en frisk fläkt.
En puss på kinden och hon satte sig. Gick in
och  beställde varsin kaffe och en liten dessertbit.
” Hur har det gått för dig idag”
” Bra, det börjar att ta form tror  jag. Vi ska fixa
källaren hos oss. Jag gör det i mitt företagsnamn
och de  andra hyr in sig. Alla tycker det är en bra
lösning. Vi kan ge kunder till varandra. Gillar idén.”
Hur har det gått för dig då?”
” Bra, ska jobba nu 2 dgr för kommunen. Fota
`Vårkänsla i Arboga.` Därför vill jag höra om du
kan ta ansvaret för barn och hem 2 dgr.”
” Javisst, ska sitta vid datorn och lägga upp hur
jag ska göra med källaren. Så jag kommer att vara
hemma.”
” Toppen Alma, här har du nyckel till huset, bytte
på ytterdörr och altanen också. Ge inte nyckeln till
någon tills vi vet vad det är som försiggår, förutom
din mor.”

" okey".

Vi fikade i lugn och ro. Svenne gick förbi och gav mig fakturan.

Efter en timme och lite småprat så gick vi till bilen och körde hem till svärmor.

Hon hade gjort en härlig lasagne tillsammans med Matheus och han hade fått bestämma salladen som idag bestod av: morötter, isbergssallad, gurka, avokado, äpple, russin. Fantastiskt god.

Barnen gick in i vardagsrummet och hittade ett pussel som de ville lägga. Vi satt kvar och pratade en stund. Freja fick en ny nyckel med förklaringen att vi hade problem med låsen. Hon nöjde sig med det. Svärmor bjöd på kaffe med cheesecake. Vi tog med oss det ut i trädgården, solen sken och det var riktigt skönt.

Freja berättade att hon hade haft besök häromdagen av en man som sålde potatis från orten.

" Han såg bekant ut men jag kunde inte placera var jag sett honom förut. Jag köpte 2 kilo potatis."

Undrade lite vem den mannen kunde varit men höll det för mig själv .

Vid 21-tiden tackade vi för oss och gick hemåt.

Väl hemma gick vi upp och barnen gjorde sig iordning för kvällen. De valde saga och jag hann inte att läsa klart förrän de somnade.

Jag tog en dusch och gick ner till Alma som satt vid köksbordet och skissade upp planer för källaren.

Slängde en blick på ritningen och det såg fantastiskt ut.

" Ska du sitta kvar länge, jag tänker gå upp och lägga mig, känner mig trött."

" Nä jag kommer om en stund, ska duscha också."

Hade lagt mig när Alma kom, och vi somnade ganska omgående.

# Onsdag

Steg upp tidigt och gjorde mig klar för att ge mig iväg på mitt uppdrag. Förberedde frukosten till alla, slängde i mig en kaffe och gick iväg. Det var lite svalare så jag vände tillbaka och tog min tunna jacka.

Åkte direkt till Arboga och fotade morgonlivet, fortsatte sen min fotoresa genom kommunen.

Hela dagen for jag runt och fotade. Åt en bit mat på Å-gården och fortsatte mitt jobb.

Återvände hemåt vid middagsdags och familjen hade redan börjat äta.

Inga telefonsamtal idag, inga konstigheter, bara en helt vanlig underbar dag.

Jag tog hand om ungarna och läste saga och sen var jag nyfiken på vad Alma hade gjort under dagen.

Hon visade mig sin skiss över källaren och vi bestämde att gå ner och se hur det kunde bli i praktiken.

En lampa hade slocknat i trappan ner men de andra fick lysa upp åt oss och det gick bra. Hade inte varit nere sen vi tog upp lite möbler till altanen. När hade det varit, drygt 1 månad sen.

Källaren var helt oinredd dvs. inga väggar bara bärstolpar. Fanns alla möjligheter att skapa något eget. Alma skulle behöva 4 rum och ett rum för samvaro med plats för åtminstone 10 pers. Fyra källarfönster fanns i övre delen runt hela lokalen. Samlingsrummet skulle bli utan men skulle ligga i anslutning till ingång utifrån. Alma skissade i huvudet nu efter ritningen medan jag gick omkring och hittade grejer som jag trodde jag kastat.

På golvet låg en matta som jag trott jag slängt som nu kunde komma till användning. Böjde mig ner för att ta upp den och såg något främmande föremål på ett stolsben på en gammal stol som stått i källaren sen vi köpte huset. Kände igen det, samma som uppe under mitt bord på kontoret.

Gick fram till Alma och tog hennes penna och skrev på hennes skiss.

`prata inte om viktiga saker, vi är avlyssnade.

Hon såg alldeles förskräckt ut men sa inget. Jag gick fram till ytterdörren som var olåst och pratade om annat med Alma. Så fortsatte vi tills vi gick upp.

Hade totalt glömt denna dörr och inte bytt lås. Tänkte på garaget men det var ju datastyrd, men man vet ju aldrig. Jobbigt.

Jag låste ytterdörren och vi gick upp i huset, låste innerdörren som ledde ner till källaren från huset och ringde direkt till Per på Krim.

" Ja du Alex, det verkar inte vara speciellt lugnt hos dig, själv sitter jag hemma framför TV.n och tar en öl. vad gör du?"

" Ja du Per, inte dricker jag öl framför TV.n i alla fall utan jag, ha ha. Nu har det hänt igen."

Per lät genast allvarlig.

Jag skickade ett sms:

`I källaren, har inte varit där på minst på drygt en månad och nu var vi nere för att göra nåt och böjer mig ner för att ta en matta då jag ser samma apparat som uppe i huset under en stol. Det är en ingång till källaren utifrån som jag inte tänkte på när jag bytte lås. Jag tog bort den.´

" Okey hör av mig." Han la på direkt.

Vi slog oss ner i köket och delade en öl.

" Alex, vad ska vi göra? Du åker på söndag och jag börjar känna mig lite orolig uppriktigt sagt.

" Vill du att jag ska boka om?"

" Nej, ska prata med mor om vi kan sova där så är vi hemma på dagarna."

" Jag ringer Svenne imorgon bitti om han kan fixa det där i källaren."

Ringde på dörren.

Släppte in polismannen som var en annan denna gång. Visade honom ner i källaren under tystnad. Han fotade apparaten jag tagit bort och la den i en påse. Säkrade fingeravtryck och gick en runda för att se om han kunde se något annat. Inget misstänkt mera men vi samtalade inte och sen smög han iväg. Kändes lite underligt faktiskt.

När han gått låste vi om oss, låste dörren ner till källaren, gick upp och duschade tillsammans bl.a och la oss en stund och småpratade lite. Det var lite mycket händelser för att vi skulle koppla av ordentligt men till slut somnade vi.

# Torsdag

Blev väckt av Matheus som kunde klockan
" pappa, klockan är halv nio. Vi har försovit oss"
Jag satte mig upp men förstod knappt vad han sa
så han sa det en gång till. Då först fattade jag vad
han sa.
Tog telefonen och ringde till förskola och skola och
meddelade att barnen skulle komma om drygt en
halvtimme.
Vi väckte Irma som sov som en stock men lät
Alma sova.
Jag drog på mig gårdagens kläder borstade
tänderna och nästan sprang ner för trappan.
Slängde ihop några mackor och sen kom barnen
påklädda och klara. De är så duktiga. Vi åt under
total tystnad. Ingen var liksom helt vakna.
Allt fick stå kvar på bordet medan jag följde dem
till förskola och skola. Matheus sa att det skulle
vara kul om Oscar var i skolan idag för han var
sjuk sa fröken. Jag hummade bara till svar och
Matheus gick själv gick själv, men jag höll mig lite
bakom och såg till att han verkligen gick in i sin
skola.

Återvände hem halvspringande och hörde telefonen ringa. Hade lämnat mobilen hemma.

" Godmorgon Alex " läs min mail.nu.

Pers mail:  `Inga goda nyheter för dig med för oss är det ett genombrott i denna frustrerande historia. Vi hittade finger avtryck och de härrör från  Claes.´

Blev alldeles tyst och jag var tvungen att sätta mig ner på hallmöbeln.

" hallå  Alex, är du kvar"

" ja lyckades jag viska fram."

I samma stund kom Alma ner för trappan. Pigg och glad men när hon fick se mig trodde hon att jag skulle svimma, sa hon efteråt. Jag var vit i ansiktet.

" Men hur vet ni det"

" Mail;

`Jo när du var på sjukhuset med Alma och Claes var barnvakt då tog vi fingeravtryck på glasen, minns du?   Du tyckte det var konstigt men vi gjorde det ändå. Och det var ju bara hans och nu ser vi ju att de överensstämmer med de vi tog igår.` Mail konversationen fortsatte:

´ Mer kan jag inte säga just nu.´

´ Men han har ju varit borta sen i söndags, på semester med familjen´

´ Ja men vi vet inte när han satt dit avlyssnings-apparaten i källaren. Det kan han ha gjort tidigare.

´ Och vad händer nu?´

´ Vi tar in Claes så fort vi kan och sen får vi se vad han har för förklaring till det hela. Informera bara din fru så hon vet.´ Slut på mail..

" Alma vill du ha frukost?"

Hon svarade ja och jag satte på mer kaffe och tog
fram lite mera pålägg och lite mer grönsaker.
" Vad hände imorse? Vaknade ni försent?"
Jag hörde nåt men trodde att det var en dröm."
" Nej du hörde rätt, Matheus kom och väckte mig
halv nio! De snabbade sig på och var jätteduktiga.
Vi åt frukost i lugn och ro eftersom det är viktigt.
Sen halvsprang vi iväg. Jag återvände ganska
snabbt."
" vem var det som ringde?
Oj men nu hade jag glömt att ringa till Svenne.
" Vänta ett tag Alma, ska bara ringa till Svenne
och fråga om han kan byta lås idag."
Gjorde det och han kunde komma sent på
eftermiddagen. Passade bra.

" Vi går ut en sväng, på altanen. Det var Per på
Krim som ringde. Lyssna nu, De har hittat
fingeravtryck från Claes i källaren"
" men Alex, vad är det du säger. Han är ju vår
vän, passar våra barn, vi käkar ihop och delar
tankar och vardagsliv tillsammans.
De är ju på semester nu så då måste han satt in
det innan de åkte. Så det betyder att han är en
mycket falsk person. Vad gör polisen åt detta?"
Nu var det Almas tur att vara vit i ansiktet. Höll om
henne en stund så hon kunde lugna ner sig.
Hällde upp en kaffe och vi åt lite grann. Det tog tid
att smälta detta med Claes.

"    De har varit inne lite på att Claes haft ett finger med i spelet men inte direkt inblandad. Han är ju IT-utbildad och har kunskapen men polisen trodde bara att han kanske berättat för någon hur man gör, utan att själv vara engagerad eller vetat vem som skulle bli avlyssnad.    Därför har de rekommenderat mig att inte säga något till dig."
"    Ok, inte riktigt sjysst men jag kan ändå förstå."
"    Nu ska polisen kolla upp alla trådar och sen hör de av sig."
"    Men det blir ju konstigt med Berit och Claes, hur pratar man naturligt med de liksom, efter detta."
"    Ja jag vet inte, men häromdagen när vi fikade på Saga så såg jag honom gå förbi på Stora Torget men ropade inte på honom att göra mig sällskap. Det skulle ju aldrig ha hänt tidigare. Berit kanske inte alls vet."
Vi satt tysta en stund, fyllde på kaffe och åt färdigt vår frukost. Klockan var närmare halv elva.
"    Jag måste sticka iväg och fota färdigt för Arboga, vad ska du göra idag.?"
"    Ja jag vet inte mer än att jag ska hämta barnen, ringa ett samtal och fixa lite hemma. Tittar lite på mina ritningar. Vi gick till fönstret som vette mot Claes hus och Alma började gapskratta.
Jag förstod ingen ting.
"    varför skrattar du?"
Hon kunde bara inte sluta att skratta. Hon satte sig på soffgaveln och fortsatte att skratta tills det övergick i gråt. Hon orkade inte mer. Hade fått ett

hysteriskt skrattanfall i brist på en reaktion. Jag tog henne i famnen och höll henne hårt. Hon skakade i hela kroppen. Det tog ett bra tag tills hon lugnade ner sig och då blev hon så trött så hon la sig på soffan.

Hämtade ett glas vatten och en lugnande Valeriatablett (Johannesört) och sen satt jag mig ner i fåtöljen bredvid. Hon sa inget bara blundade och till slut slumrade hon till en stund. Tio minuter senare vaknade hon upp, satte sig upp i soffan och tittade på mig.

"     Alex, jag känner mig helt utarmad. All energi har liksom rasat av mig med allt detta som händer. Vad är anledningen till denna klappjakt. Semestern är nog ingen `semester` De har nog redan flytt fältet.  Vad tror du?

"    Jo, det tror jag med."  Klarar du dig själv nu så jag kan åka iväg.?

"    ja ja. ringer mamma och ser vad hon gör, Måste ju iväg och jobba lite i alla fall. Det kanske kan få mig att skingra tankarna.

Jag gick ut till bilen igen och fortsatte att backa ut på vägen. Hade några ställen till att fota men det skulle nog inte ta hela dagen.

Alma ringde och bad mig köpa pizzor på hemvägen.  Hon hade tappat det totalt.

Blev klar fortare än jag räknat med. Köpte pizzor och körde hemåt. Ingen hemma så jag hängde lite tvätt som man gjorde mest varje dag kändes det som. Dörren öppnades och in stormade 2 glada barn som pratade i munnen på varandra.

" 	Pappa det var en clown på skolan idag. Han gick runt i alla klassrum och skojade med oss, det var jättekul."

Jag gladdes med dom och skolväskorna hamnade på golvet i hallen och de stormade in i köket. Jag hängde lite tvätt som man gjorde mest varje dag kändes det som. Alma kom sakta in genom dörren, trött och besviken. Jag gav henne en kram och fick ett kort leende tillbaka. Tyckte riktigt synd om henne. Denna självständiga kvinna och ändå sårbar.

" 	Jag har serverat pizzor"

" 	Ja, skrek de med samma mun."

Det kom ett samtal från Per som meddelade att Claes inte kunde nås. Han undrade om vi sett skylten på hans tomt. De skulle fortsätta att söka honom men på nåt sätt var det som han var uppslukad av jorden.

Alma och jag slog oss ner i TV-soffan och tittade på lite nyheter när det ringde på dörren och Svenne kom för att byta lås.

Vi gick ner tillsammans och han bytte lås på rekordtid. Skulle skicka faktura sen. Accepterade inte att slå sig ner för att dricka nåt. Han skulle hem till sitt och äta, men tackade så gott för erbjudandet. Föreslog att vi skulle ses nån gång med våra resp. och barn. Tyckte jag var en god ide´.

Pizzorna gick åt i ett huj sen blev det lite barnprogram och dusch och saga och godnatt.

Det var den dagen. Ibland tycker jag att dagarna går alldeles för fort. Imorgon skulle jag sammanställa min foton från Vårkänsla i Arboga och lämna in foton för presentation i lokaltidningen. Helt fantastiskt. Det var en stor överraskning.

När barnen lagt sig gick vi ner i källaren och ägnade oss åt hur det skulle bli. Alma hade skissat och det såg ju bra ut.  Hon hade pratat med några som hon hade möte med om byggarbetare som var bra. Det blev en stund med nyheter på TV och naturligtvis somnade jag i soffan.  Alma gick nog upp före mig för jag vaknade av att det vara bara jag i soffan. Hörde något utanför och beslöt att inte tända belysningen inne. Ingen såg mig men jag såg Claes som kröp omkring utanför. Jag var otroligt sugen på att gå ut och fråga vad han höll på med men höll mig där jag var. Hade ju så många frågor.

Som tur var så vaknade inte Alma.

Uppdraget var slutfört och jag kunde gå och lägga mig. Kan ju inte påstå att jag somnade direkt. Var för upprörd för att  koppla av.

# Fredag

Vaknade av väckarklockan men det kändes som jag precis hade somnat. Alma var redan nere, kaffedoften.

Jag släpade mig upp ur sängen och trodde jag hade drömt om Claes, att det som hände igår kväll bara var en ond dröm,  tillbaks till verkligheten.

Väckte barnen och gick ner för att ta en kopp kaffe.

"  Godmorgon älskling"  Alma var pigg och glad, hade sovit många timmar.

"  Godmorgon"

Hon tittade på mig och förstod att jag inte sovit så bra som henne. Hon undrade när jag lagt mig och det vet jag ju inte. Hade inte tittat på klockan men sent var det. Hon hällde upp en kopp kaffe till mig.

Jag sa  inte så mycket. När barnen kom ner åt vi och Alma tog dem till skolan. Jag satt vid bordet som en skugga av mig själv.

Ringde upp Per.

"  Alex, godmorgon, kan jag ringa om en stund?"

"  okey"  han la på .

Per var ingen man som använde fraser. Det var rakt på utan krusiduller.

Jag hällde upp mera kaffe men tyckte inte att det hjälpte. Tror att jag var lite chockad  av händelsen med Claes.  `Vem var han`.

Alma återvände hem och bytte bara lite kläder. Hon skulle gå till frissan och klippa sig. Tittade på henne med frågande blick. Nej hon skulle bara klippa topparna. Hon gjorde ju som hon ville men hon var ju så vacker i sitt långa hår.

Vi kom överens om att jag hämtar barnen. Hon tog bilen och åkte iväg. Jag satt kvar på samma plats som att jag var fastklistrad.   Vet faktiskt inte hur länge jag satt så innan telefonen ringde.

”  Ja hallå.”

Godmorgon, hörde jag en kvinnlig röst som jag inte kände igen. Är det Alex?

” Va , ja det är jag”

” Hej käre son, det är mamma.”

Alltså jag började gråta, var ju så sårbar just nu. Försökte att komma tillsans och svarade.

”      Hej mamma, ursäkta mig detta blev för känslomässigt.”

” Ja det är inte lätt,” sa hon med gråtmild röst.”

Jag ringer för att vi måste ses, Eloni gav mig numret men jag kunde ringa först nu. Jag befinner mig i Grekland som du kanske hört.”

" Mår du bra?”

” Ja nu mår jag bättre än jag någonsin gjort, men jag hoppas att du kommer ner så vi får ses och prata. Vi har så mycket att ta igen. Älskar dig puss och kram käre Alex."

Hon la på. Mållös, mycket blandade känslor. Satt där på min stol som fastklistrad. Tur att jag inte hade så mycket att göra under dagen. Bara gå till Arboga kommun och lämna in mitt foto uppdrag. Och förhoppningsvis få lite betalt. De skulle välja ut foton till biblioteket. Jag blev sittande ett tag, tårarna rann och det fick vara så. Kom till sans efter en stund och tillbaka till verkligheten.

Men varför ringde inte Per?

Jag reste på mig till slut och gjorde de vanliga morgonsysslorna.

Det tog ungefär en timme innan Per ringde.

" Alex, vi har pratat med Claes och han har en del i det hela men är inte uppdragsgivare. Han gör det åt någon som hotat honom och familjen till livet om han inte gör det. Han flyttade lite i taget från huset och har inte varit där sen i måndags.  Inget har ju märkts då han bara tagit med sig kläder och det som behövs för att leva ett någorlunda normalt vardagsliv.  Flyttat till okänd adress för att skydda sin familj. Det var ju efter att han satt in avlyssningsutrustning  i källaren. Han klarade inte av att vara där med er. Ni blev ju goda vänner och han mådde väldigt dåligt av det. Så är det. Vi har kontrollerat hans liv ett tag bak i tiden och han är ren. Jag ser det som att han också är nåt slags offer i det här ärendet. Inte för att han är oskyldig för det han gjort, det måste han ändå stå för. Han kunde ju ha gått till polisen. men det blir på nåt vis förmildrade omständigheter."

" Oj oj oj. Och hur ska jag ställa mig till allt detta."
" Jag skickar ett sms." Han stängde ner.
` *Jag tänker träffa  Claes på hemlig ort innan han tar sig till sitt ställe han kommer att vistas till allt har lagt sig. jag ringer dig sen så  vi kan ses alla tre någonstans. Ring inte hemifrån.* `
Jag funderade mycket på det Per hade sagt. Men vad hjälpte det. Blev inte klok på allting i detta. Nu såg jag bara lördag framför mig, när Strumpan och Jens,  Almas bror skulle komma. Om det kunde ge svar på något.
Gick upp och duschade, klädde mig, kollade busstidtabellen. Mycket folk på bussen denna vackra aprildag. Min mor hade ringt och jag hade inte känt igen rösten.  Jag skulle äntligen få träffa henne, efter alla dessa år av undran. Jag som trott att hon varit död.
Arboga Resecentrum, ropades ut och jag klev av. Gick sakta ner mot kommunhuset.
Sökte Eva Lindgren som  jag jobbat för men hon var inte inne. Tog en promenad och passerade en av alla frisörsalonger som finns. Kanske jag skulle fixa mitt hår lite jag med. Klev in och de hade tid för en klippning.
Tog ca en halvtimme.
Gick tillbaka till kommunen och fick träffa min uppdragsgivare, Eva Lindgren.

" Hej Alex, Jag tar en titt på de här idag och sätter in din lön för det på ditt konto. De kommer att presenteras på kommunen i entrén med ditt namn och din web.adress. Vi kommer att ha de uppe ca 1en månad. Det blir ju bra reklam, eller hur?"

" Ja det blir toppen. Tack så mycket för förtroendet."

Lämnade byggnaden och just då ringde mobilen.

" Hej Alex. kommer och plockar upp dig vid busshållplatsen vid tågstationen. När kan du vara där?" Det var Krim-Per

" Om ca 5 min."

" Okey" han la på.

En svart bil men mörka fönster smög upp bredvid mig. Dörren öppnades och jag klev in i framsätet.

Ingen sa något. Vi åkte gamla vägen mot Örebro, svängde av från den gamla vägen och åkte till en restaurang för lunch.

När vi klev ur bilen tittade jag på Claes som såg ut som en skugga av sig själv. Han kan inte ha sovit så gott på de här dagarna sen sist och såg ut att må väldigt dåligt. Jag gav honom en kram och sa att det här skulle vi försöka reda ut tillsammans. Ett litet leende kom över hans läppar för att snabbt försvinna.

Vi gick igenom allt som hänt under tiden som vi intog lunch. Allt var väldigt komplicerat och oförståeligt. Fanns inget direkt sammanhang i den här historien. Mera skilda fragment som vi måste försöka att pussla ihop för att komma till en lösning. Det kommer ju att ta tid.

Claes berättade sin historia om hur han blivit kontaktad av två för honom okända män när han var i lekparken med barnen. En man tog Oscar åt sidan medan den andre talade om för mig vad jag skulle göra. Det var som att ha huvudrollen i en skräckfilm fast det var IRL.
"    Men varför sa du inget" avbröt jag.
"    Det var det jag helst ville göra men de hotade mig till livet och jag ville inta att ni på något sätt skulle bli fullt inblandade i detta fula spel. Ju mindre desto bättre. Jag iakttog dem ordentligt för att jag skulle kunna beskriva deras utseende för polisen men de hade masker för ansiktet. Masker som man bara såg om man tittade riktigt noga. Alltså de var som riktiga ansikten om ni förstår vad jag menar. Ansiktsmasker. Den som höll Oscar har jag en misstanke om att det var en kvinna. Men är inte hundra procentigt säker,"
Vi satt kvar ganska länge och diskuterade orsaker och underlag för att detta händer. Vi kom inte fram till så mycket mer än att Claes måste få vara på sin skyddade plats så länge vi inte visste var det verkliga problemet var. Han skulle finnas till hands om vi behövde och han gav oss kryptade koder som vi kunde kontakta honom med. Han förklarade hur vi skulle gå till väga. Han upplyste också om var han satt avlyssnings apparaterna

och att de vi hittat var samtliga. Undrade ändå om jag kunde lita på det.
Han hade gått in med en nyckel som han gjort när Alma låg på sjukhuset.
Svårt att veta om jag skulle lita på Claes eller inte.

 Vi åkte samma väg tillbaka som vi kommit, dock under tystnad. Krim-Per släppte av mig  vid tågstationen och han och Claes fortsatte. Promenerade sakta ner mot Centrum kafét och slog mig ner ute. Vädret var varmt men lite mulet. Det skulle regna framåt kvällen och det behövdes nog. Svenne fick se mig och slog sig ner för en kaffe. Kul.
Vi pratade lite om vilka vi var. Han kom ursprungligen från Stockholm men tröttnade på för mycket folk och förorter så han hade köpt hus i Arboga redan för 15 år sedan. Han ångrade inte det en sekund. Livskvalitét, tyckte han och jag höll med.
Han skulle maila fakturan senare, sa han. Nu var han tvungen att ge sig av ett jobb väntade. Vi bytte mobilnr (han hade ett privat) och så fick vi se om vi kunde få ihop det nån helg och träffas. Han sa också att hans fru Elsa hade pratat med Alma och det verkade som det gav mersmak.
Jag höll med. Svenne verkade i mina ögon vara en trevlig typ.  Men det var ju Claes också. Men jag får väl skärpa mig, tänkte jag.
Vi morsade adjö och jag satt kvar en stund till. Tänkte just ingenting.

Tiden gick fort och jag drog mig till  bussen som skulle gå inom ett par minuter.

Hoppade av en hållplats tidigare eftersom det var närmare till förskolan.  Irma lekte som bäst med sin bästa kompis Linnea så det blev lite att jag störde. Jag språkade med lärarna som sa att Irma utvecklats mycket och  hon är väldigt intresserad av matlagning. Hennes stora idol är Birgitta i köket.

"  pappa nu kan vi gå, jag är klar."

Vi rörde oss sakta mot utgången och när vi kom ut så stötte vi på Matheus och hans bästa  kompis i skolan , Gustav.

Promenaden hem blev en orgie av skratt och lek. precis vad jag behövde.

Vi tog en sväng till lekplatsen och stannade där ett tag. De hade öppnat ett litet kafé så jag tog en fika till och pratade lite med några föräldrar. Härligt, vanligt småprat.

Hade ringt till Alma så hon hade maten klar när vi kom hem. Det blev en lugn kväll med TV och saga.  Skönt.

# Lördag

kände mig lugn när jag  vaknade, och planerade lite för resan. Hade bokat rum i Chania och skulle flyga charter, hade hittat en billig enkelbiljett.

Alma och jag gick ner i källaren och började planera för SPA. Hon hade kontrakt med 6 personer som skulle hyra för ett år fr.o.m 1.a september så nu var det bara att sätta igång. Vi röjde bort det vi inte vill ha och placerade det som ville ha i en lite skrubb som fanns i ena hörnet. Det skulle sättas upp dubbla gipsväggar  med isolering och beställas  dörrar.

En toalett fanns som skulle byggas ut för att få lite SPA-känsla.

” Jaha, då är ju Berit ur bilden” sa Alma

” Ja men det finns säkert andra som vill hyra hos dig, Men klart att det är synd.”

Jag erbjöd min hjälp tills vidare. Jag var bra på att snickra och måla. Det fanns också en liten köksdel i väntrummet som vi skulle behålla för eventuella event. Det här var ju kul. Skulle betyda att jag kunde ha vernissage hemma.

Jag hade fått ett vikariat på Arboga tidning över sommaren och det började den 1.a juni och varade i 5 veckor. Bra extrapengar till senare semester.

Barnen ropade från köket lite oroligt

" pappa , mamma var är ni?"

Vi svarade att vi var i källaren, ett ställe som de nästan aldrig varit i.

De kom ner och gjorde oss sällskap en stund men sen tog hungern över och vi fixade en ordentlig brunch.

Efter frukost blev det barnprogram medan jag och Alma gick ner en sväng till i undervåningen.

Vi mätte och ritade och sen kontaktade vi en rörmokare som skulle komma och se vad som behövdes göra av WC. Han kunde inte komma före måndag men det gick bra. Då var Alma hemma. Jag skulle ju åka på söndag.

" vad ska vi bjuda Strumpan på ikväll?"

" Jag tänkte laga nåt vegetariskt som bas.Det blir ju fint väder idag, så då kan vi grilla nåt. Vad som helst, kött, fisk, grönsaker. Vad tycker du om det?"

" Aha, jamen det går ju bra.

" mamma var är Oscar och Ebba? Dom är ingenstans, inte hemma och inte i skolan:" Irma som undrade.

" ja du lilla hjärtat de var visst tvungna att flytta helt plötsligt. Vet inte riktigt vart de tog vägen faktiskt. Konstigt va." svarade Alma.

" Alex, hur blir det med fotbollen idag"

" Det glömde jag att berätta, fotbollen hade lagts lite på is på lördagarna. Ledaren som Matheus hade, är sjuk och de lyckades inte få någon annan just nu. Men det skulle ordna sig sa dom.

Svärmor kom över en stund på en fika och stannade lite så vi kunde åka och handla, jag och Alma. Vi handlade, tog bilen och körde hemåt.

Jag tog ungarna till parken och gick hem vid tolvtiden.

Väl hemma hade Strumpan och hennes f.d man Jens kommit. Jens var sydländskt mörk. Deras barn var 6 och 8 år. Emil och Frida. De fann varandra ganska snabbt och gick upp och lekte.

Vi bekantade oss med varandra smuttande på en sommardrink. Alma hade gjort så fint ute på altanen.

Efter en stund kom naturligtvis det stora samtalsämnet upp. William......

" Ja," sa Jens, "det är ju lite ålderskillnad på oss, ca 8 år, om jag räknar rätt. Men han har alltid varit lite konstig faktisk, ganska svartsjuk. När jag var liten så gjorde han allt för att få mig att gråta. "

" Jag undrar om du vet att vi är halvsyskon. det har vi inte sagt. Vi har samma far"

" Jo, Sirpa sa det igår för att förbereda mig lite, Stora syster, känns konstigt men underbart. Våra barn är ju kusiner då.

" Ja, William är ju 5 år äldre än mig och din mamma träffade vår far efter att jag och mamma dragit. Det var ingen som sa något om det?" sa Alma

" Nej, inte ett knyst? svarade Jens

Alma fortsatte

”   Jag vet vad du gick igenom för det var likadant för mig och min mor. William försökte nästan kväva mig när ingen såg. Och han sa andra saker till vår far om vad som hänt under dagen och blev mera trodd än jag blev. Så min mor hade sparat pengar från sitt jobb så en dag tog hon mig och lite packning och vi `rymde` från Kreta   där vi bodde”

”   Kreta. Vi bodde i Stockholm närmare bestämt Björkhagen. det var där jag träffade Strumpan. Men min mamma drog iväg, själv.. Min mamma var grekiska. Det syns väl på mig att jag har mina rötter i  syd Europa.

Ja , jo det kunde vi ju inte neka till.

Men far flyttade tillbaka till Nora (och Skinn-skatteberg) där han bott som ung och William fick tydligen ta hand om honom tills han dog för 4 år sedan. Jag blev väl behandlad sen min mor försvann. Då hade William ingen att var svartsjuk på.

Jens fortsatte:

”   Vad jag förstår så kom min far till Sverige med mig när jag var ca 3 år. Utan min mor. Henne har jag absolut ingen kontakt med. Min mormor och morfar accepterade aldrig Elliot. De förstod direkt att det var nåt konstigt med honom. Men jag förstår inte varför jag inte vet nåt om henne.  Och varför stannade jag inte hos henne. Min, vår far bodde på olika ställen. Skinnskatteberg bl.a

Vem ljuger där, liksom, men vart tog ni vägen Alma.?” sa Jens

"    Först stannade vi i Aten ett tag men sen hittade mor en billig flygbiljett till Sverige och vi hamnade i Örebro. Där fanns en väninna,    Lisa som min mamma hade haft lite kontakt med genom åren. Hon var äldre och min mamma kände henne genom mormor. Jag älskade henne. Vi bodde hos henne ganska många år. Hon hade en stor villa och var änka så mamma delade hyra. Mamma jobbade där på en ICA-butik. Jag flyttade hemifrån för att studera på Konstfack i Stockholm.

Sen tog jag en  examen som socionom och jobb på skolhälsovården i Stockholm.

Där hände något underligt som jag inte vill gå in på och jag flyttade till Arboga. Ville komma bort.

(jag förstod vad hon pratade om)

Flyttade till Arboga. Hade hittat en liten bostadsrätt och gillade stan.    Sökte jobb på kommunen i samma veva och fick det. Alex och jag träffades ganska snart. Liten stad, alla känner alla, ha ha ha.

Alex  jobbade på Militäranläggningen. Vi köpte ett hus i Medåker och till slut så hittade William mig och kidnappade mig från sjukhuset där jag var inlagd för jag hade ramlat.

"    Ja ha, mig har inte William tagit kontakt med sen jag gifte mig med Sirpa. Innan ringde han faktiskt och försökte få mig att vi skulle ses men jag litade inte på honom så det fick vara. Bytte nummer då och då och sen tog jag Sirpas efternamn. Då blev det tyst.

”   Men vi måste fira nu att vi är syskon, Alma, Det är ju helt otroligt.”

Jag hämtade champagnen som stått i kylen för länge. Vi skålade för nya släktskapet och satte oss ner ute på altanen och småpratade lite. Egentligen ville ingen prata om den där William men jag vill bara veta om det fanns nån möjlighet att han vill oss något ont. Och vad hade hänt med Jens mamma?

Vi lät det vara och fortsatte att prata om annat.

Barnen hade funnit varandra och lekte på övervåningen. Alma ville veta lite  mer om Jens om de hade vissa likheter. De var glada över att ha träffats. Världen är liten ibland. Jens sysslade också med hälsa. Han var PT på ett gym i Stockholm, dit han åkte 2 ggr/vecka. Men hade ett bankjobb sen många år tillbaka. De bytte mobil.nr och skulle hålla kontakten.

Jag drog mig ut på altanen och satte igång grillen. Jens    kom ut med mitt champagneglas. Vi samspråkade lite och fann att vi hade lite gemensamma bekanta från Björkhagen och Hammarbyhöjden. Jens hade gillat idrott ända sen han var liten. Han hade varit fri-idrottare med höjdhopp som sin gren.

Det hade gått bra tills han ramlade illa vid en cykelolycka och bröt benet. Sen blev det inte detsamma. Men han fortsatte som tränare och hjälper till i fri-idrotten fortfarande.

Grillen var klar och jag gick in och hämtade det marinerade köttet från kylen. Alma och Sirpa hade

fixat några sallader.    Jag kände mig väldigt
hungrig. Jag och Jens    hjälptes åt att grilla och
duka bordet.

Barnen kom ner efter att vi ropat så där en tio ggr.
Vi satte oss ner för att äta.  Smakade ljuvligt gott.
Det var den första grillen för i år.  Härligt.

Vi åt och pratade om allt möjligt och vi trivdes
väldigt bra tillsammans. Trots att Sirpa och Jens
var skilda fanns där en relation. Och vi bestämde
att vi skulle ses igen när jag kom tillbaka från
Kreta.    Efter kaffet vid åkte  de hem och barnen
tyckte det var tråkigt för de hade lekt så bra.

Underbart med en trevlig, avkopplande lördags-
eftermiddag. Vi hade fått nya vänner,  syskon och
kusiner.

Jag och Alma slog oss ner på schäslongen stund
med ett glas vin. Barnen var helt slut och slog sig
ner framför TV.n.

Vi sa inte så mycket. det var en del att smälta men
vi mådde mycket bättre nu.

Det var lite trögt att plocka ihop men, men det blev
klart så småningom. Vi gjorde sällskap med
barnen i soffan och jag somnade före alla.

Vi slängde i oss lite matrester innan vi gick upp.
Barnen och    Alma gick och lade sig och jag
packade för min resa.  Gick och lade  mig ganska
sent.

# Söndag

ov dåligt och drömt om Claes o Berit och min mamma i en salig blandning.

Matheus hade kommit till oss på natten. Han hade också drömt och var lite orolig. Vi låg kvar ganska länge i sängen. Irma satt nere och tittade på barnprogram. Jag steg upp först och fixade frukost. Skulle iväg om en stund.

Jag hade en fotografering på förmiddagen. Det var en kille på Arboga kommun som frågade om jag kunde göra en porträttfotografering på hans familj, hemma hos dom. Det är mellan 10-12 ungefär."

Familjen som jag besökte hade just fått sitt tredje barn och vill nu ha ett familjefoto. Det gick snabbare än jag trodde. Tacksamt jobb.

Återvände hem till en lunch innan jag var tvungen att avvika för min färd till Kreta.

" Pappa, hur länge ska du vara där på Kreta?

" Ja du Irma , jag vet inte riktigt, men inte så länge. Vi kan väl ses på Skype?"

" Ja , sa Matheus, det vill jag, snälla pappa varje kväll."

Vi lovade varandra att vi skulle ses på FaceTime varje dag.

Jag hade bokat biljett till tåget och Alma och barnen skjutsade mig till tåget. Det blev pussar o kramar och jag klev på tåget. Det var svårare att skiljas än jag trodde. Hade inte tänkt att det skulle kännas så svårt.

Tågresan tog ungefär två timmar och jag hade god tid att tänka igenom vad som hänt de här två veckorna. Bestämde mig för att jag inte skulle ägna mig åt att tänka på detta utan fokusera på vart jag var på väg och vad jag skulle göra på Kreta. Alma hade lovat att de skulle sova hos Freja den tid jag var borta så det kändes lugnt. Alla papper hade jag med mig för att möta min återvunna släkt och för att se om jag verkligen skulle ärva. Kunde det vara sant.

Och kanske jag skulle få träffa min mor. Det var ju absolut det bäst som kunde hända.

Det kändes väldigt spännande.

Anlände till Centralen och tog Arlanda tåget till flyget. Smidigt och bra. Inte så mycket folk på tåget men på Arlanda var det som en helt annan värld öppnade sig. Tänk vad folk reser. Otroligt.

Checkade in bagaget och satte mig ner på ett café. Satt en kille vid samma bord och vi började prata. Han skulle också till Kreta. Han hade varit där förut. Han berättade om bra ställen att äta på och även små hotell till bra pris. Vi bytte mobil.nr och namn. Han gick för att checka in medan jag ville sitta ett tag till. Han hette Tomas Bergström.

Tyckte att namnet verkade bekant.    Funderade hit och dit och det enda jag kom på var  kvinnan som hade förföljt  Alma och sedan tagit livet av sig utanför vårt hus.   Kunde det vara möjligt.
Utropet till min flight hördes i högtalaren och jag drog mig mot incheckningen. Ingen kö.. Tankarna for iväg men bleknade lite på vägen till Gaten. Bergström?????
Flyget skulle gå om drygt en timme.   Resan mot Kreta  kunde ta sin början.